Louise Cooper

Zauberpferde

Der blaue Talisman

Louise Cooper, 1952 in England geboren, hat schon als Schulmädchen am liebsten Geschichten geschrieben. Ihr erster Fantasy-Roman »The book of Paradox« erschien 1973, als sie gerade 20 Jahre alt war. Seitdem hat sie mehr als 60 Bücher für Kinder und Erwachsene veröffentlicht. Heute lebt Louise Cooper mit ihrem Mann und ihrer Katze in Cornwall, England.

Louise Cooper

Zauberpferde

Der blaue Talisman

Aus dem Englischen von Anne Braun

Klopp · Hamburg

In der Reihe *Zauberpferde* von Louise Cooper
sind erschienen:

Zauberpferde 1 – Die Prophezeiung
Zauberpferde 2 – Der blaue Talisman

Die Originalausgabe erschien unter dem Titel
»Seahorses – The Talisman«
First published by Puffin Books, part of Penguin Books Ltd. UK, 2004
Aus dem Englischen von Anne Braun
Einband von David Wyatt
Satz: UMP GmbH, Hamburg
Druck und Bindung: Friedrich Pustet, Regensburg
Printed in Germany 2006
ISBN-13: 978-3-7817-0333-9
ISBN-10: 3-7817-0333-9

www.klopp.biz

Vorwort

»Es gibt eine alte Sage«, begann Nan mit leiser Stimme, »über zwei Geister, Zauberpferde, die vor langer, langer Zeit an unserer Küste lebten. Sie waren bekannt als das Blaue Pferd und das Graue Pferd und angeblich sollen beide aus dem Meer gekommen sein. Das Blaue Pferd war uns Menschen wohlgesonnen. Es brachte günstige Winde und sorgte für einen ruhigen Wellengang, es beschützte die Seeleute und Fischer, wenn sie auf hoher See waren. Das Graue Pferd hingegen war böse. Es brachte verheerende Stürme und tückische Gezeiten, es hasste die Menschen und ergötzte sich an Schiffbrüchen und ertrinkenden Seeleuten.

Die beiden Geister lieferten sich einen erbitterten Kampf. Es kam zu schrecklichen Stürmen und Orkanen und zu gewaltigen, vernichtenden Fluten. Die Menschen hier lebten in großer Angst, denn alles deutete darauf hin, dass das Graue Pferd gewinnen würde. Doch eine Fischerfamilie hatte keine Angst. Sie verbündete sich mit dem Blauen Pferd. Und gemeinsam mit dem Blauen Pferd und mit vereinten Kräften ist es ihnen gelungen, das Graue Pferd zu bezwingen.

Als die Schlacht vorüber war und die Bewohner außer Gefahr waren, töpferte die älteste Frau der Fischerfamilie eine Figur. Die Legende besagt, dass der böse Geist des Grauen Pferdes in diese Figur eingesperrt wurde. Und die Familie versprach, immer gut darauf aufzupassen.« Prüfend blickte Nan Lilly an. »Sie waren unsere Vorfahren. Und die Legende besagt auch, dass – sollte die Statue je kaputtgehen – der dunkle Geist wieder freikommen wird.«

Schweigen legte sich über das Wohnzimmer. Mit bebender Stimme flüsterte Lilly: »Und ich habe sie kaputtgemacht ...«

1. Kapitel

Von der Straße aus, die oben an den Klippen verlief, konnte man bis nach St. Ives an der Küste entlangschauen. Dieses großartige Panorama unter einem glasklaren Himmel gehörte zu den Dingen, die Lilly Weston an Cornwall am besten gefielen. Und diesen Ausblick an einem sonnigen Wintertag vom Rücken eines Pferdes aus zu genießen, war ein absoluter Traum.

Moonlights Hufschläge hallten links von Lilly von der Felswand wider, als sie sich auf der ansteigenden Straße im Takt zu seinem lebhaften Trab aus dem Sattel hob. Moonlight war fast weiß, mit nur einem Hauch von Apfelschimmel, und von allen Pferden in der Reitschule der Richards war er ganz klar Lillys absoluter Liebling. Als sie an eine Biegung gelangten, gab sie die Zügel nach und blickte zwischen seinen aufmerksam aufgestellten Ohren hindurch auf die vor ihnen liegende Straße. Um diese Jahreszeit, wenn keine Urlauber unterwegs waren, fuhren hier kaum Autos, aber wie ihr Freund Joel, der Sohn der Richards, gern sagte, konnte man nie vorsichtig genug sein. Die Straße führte nun wieder geradeaus; Lilly warf einen Blick über die Schulter nach hinten und sah, dass Joel, auf dem braunen Pippin, ein gutes Stück hinter ihr war. Pippin war ein Faulpelz. Er trabte nie, wenn er ebenso gut im Schritt gehen konnte, und wenn man ihm erlauben würde, stehen zu bleiben, würde er sich freiwillig vermutlich gar nicht mehr von der Stelle bewegen.

»Brrr, Moonlight!« Sachte zog sie an den Zügeln, nur kurz, eine halbe Parade, um Moonlight zu verstehen zu geben, was sie wollte. Gehorsam, wie er war, wurde er prompt langsamer und blieb dann stehen.

Joel trieb Pippin mit den Fersen an und der Braune legte widerwillig einen Zahn zu. Dabei wirkte er so unbeholfen, dass Lilly unwillkürlich grinsen musste, als Joel endlich bei ihr ankam.

»Du hast gut lachen«, sagte Joel, als Pippin stehen blieb und sich gierig über das Gras am Straßenrand hermachte. »Versuch du mal, ihn zu etwas zu überreden, wenn er nicht will.«

Lillys Grinsen wurde noch breiter. »Entschuldige. Aber es sieht wirklich zu komisch aus, wie er geht. Er ist so dick und rund.«

»Deshalb braucht er ja etwas Übung. Er sollte vor der Feriensaison dringend ein paar Kilo abnehmen, sonst wird sich jeder beschweren, der auf ihm reitet. Weiter geht's, Pippin, du alter Vielfraß!« Joel blinzelte in die Sonne, die schon tief am Horizont stand. »Wir sollten besser wieder zurückreiten. Morgen ist Schule.« Er verzog das Gesicht. »Jetzt, wo es schon so früh dunkel wird, müssen wir auf längere Ausritte verzichten. Vor nächstem Wochenende wird es nichts mehr.«

»Ich gehe gern zur Schule«, sagte Lilly.

»Klar, du gehst ja auch noch in die Grundschule. Warte nur bis nächstes Jahr, dann musst du auch jeden Tag mit dem Bus nach Truro fahren. Da bleibt einem kaum noch Zeit für andere Dinge.«

»Im nächsten Schuljahr bin ich doch gar nicht mehr hier«, gab Lilly zu bedenken. »Im September kommen meine Eltern aus Kanada zurück und dann werde ich nicht mehr bei meiner Großmutter wohnen.« Ihr Gesicht nahm einen traurigen Ausdruck an. »Ich werde nicht einmal mehr in Cornwall sein.«

Joel blinzelte. »Ach ja, stimmt. Hatte ich ganz vergessen. Komisch, es kommt mir so vor, als hättest du schon immer hier gewohnt und würdest für immer bleiben. Aber du bleibst nur für ein Jahr, stimmt's?«

Sie nickte. »Und davon sind fast schon zwei Monate vergangen.«

»Tja, das bedeutet, dass du noch zehn Monate vor dir hast! Bald kommen die Weihnachtsferien, dann kommt der Frühling und dann hast du noch einen ganzen Sommer vor dir. Also, mach dir noch keine Gedanken.«

»Tu ich auch nicht. Und natürlich freue ich mich darauf, meine Eltern wieder zu sehen. Ich vermisse sie sehr.« Lilly blickte hinaus auf das glitzernde Meer. »Aber der Gedanke, dann wieder in der Stadt zu leben, nach *dem* hier ...«

Sie warf einen fragenden Blick auf ihren Freund. »Du, Joel ... meinst du, wir hätten noch kurz Zeit für einen kleinen Ausritt am Strand?«

Joel kniff die Augen zusammen. »Gibt es dafür einen bestimmten Grund?«

»Hmm ... es ist fast Ebbe. Ich dachte nur, es könnte ganz schön sein.« Aber Lilly war etwas rot geworden und sie wich seinem Blick aus. Joel seufzte. Er wusste, warum sie noch schnell an den Strand wollte. Warum sie immer an den Strand wollte.

»Lilly«, sagte er. »Du wirst sie nicht mehr finden. Und selbst wenn, hätte es nichts zu bedeuten.«

Lilly biss sich auf die Unterlippe. Sie hatten es schon so oft durchdiskutiert und mit jedem Mal wurde Joel sturer und behauptete, er hätte Recht. Doch das stimmte nicht. Lilly wurde das Gefühl nicht los, dass es wichtig wäre, sie wiederzufinden, sogar noch wichtiger, als sie dachte.

Sie – die kleine Tonscherbe mit einem rubinroten Glaskügelchen darin. Sie war das Bruchstück einer kleinen Tonfigur, die ein sich aufbäumendes Pferd dargestellt hatte, das bis neulich in Chapel Cottage gestanden hatte, im Haus ihrer Großmutter, und das seit mehreren hundert Jahren. Die Figur war Lilly versehentlich aus der Hand gefallen und kaputtgegangen. Und sie hatte dieses eine Stückchen, einen Teil des Pferdekopfes mit einem Auge, dummerweise ins Meer geworfen. Und wenn sie es nicht mehr wiederfände, würde die dunkle, uralte Macht, die einst in dieser Tonfigur eingesperrt worden war, erwachen und Unheil über die Menschen bringen, so wie früher, vor vielen Jahrhunderten.

Die Macht des Grauen Pferdes ...

Joels Stimme riss sie aus ihren düsteren Gedanken: »Lilly, ich weiß, dass du das Graue Pferd für real hältst, aber ...«

»Es ist real!«, beharrte Lilly. »Ich habe es gesehen, in dieser schrecklichen Nacht in der Höhle!«

»Du willst sagen, du glaubst, es gesehen zu haben!«, entgegnete Joel. »Aber im Dunkeln, mit der einlaufenden Flut und allem – vermutlich bist du einfach in Panik geraten. Wäre jedem an deiner Stelle so ergangen. Wenn man Angst hat, geht die Fantasie manchmal mit einem durch. Die eigentliche Gefahr damals war die Flut, Lilly. Nicht das Graue Pferd. Es existiert nämlich nicht.«

»Aber du hast es doch auch gesehen!«, rief Lilly aufgebracht. »Auf eurem Hof, als Moonlight durchgegangen ist – das hast du gesagt!«

»Ich weiß, ich weiß. Ich habe mir eingebildet, dass da ein fremdes Pferd war, aber ...« Joel war sichtlich verlegen. »Na ja, es war dunkel, ich war durcheinander ... Und danach, am Strand, da hatte ich auch ziemliche Angst – klar, ich dachte, du wärst in Lebensgefahr! Aber später, als du in Sicherheit warst und ich in aller Ruhe nachdenken konnte ...« Er zuckte mit den Schultern, als wollte er sich entschuldigen. »Wir haben es uns nur eingebildet. Das Graue Pferd kann es gar nicht geben, zumindest nicht in der realen Welt.«

Lilly öffnete den Mund, um zu widersprechen, doch dann sah sie ein, dass es sinnlos wäre, das Ganze noch einmal von vorne bis hinten durchzukauen. Joel hatte nun einmal beschlossen, dass die Ereignisse in jener entsetzlichen Oktobernacht nichts als ein gefährlicher kleiner Ausflug gewesen waren. Moonlight war aus seiner Box entkommen und zum Strand hinuntergaloppiert, sie waren ihm nachgeeilt und dabei war Lilly durch die einlaufende Flut in einer Höhle eingesperrt worden und wäre beinahe ertrunken. Joel behauptete inzwischen, dass das alles gewesen war.

Doch Lilly wusste, dass er sich etwas vormachte.

»Hör mal«, fuhr Joel fort, weil sie eisern schwieg, »ich glaube nicht, dass du diese Tonscherbe jemals wiederfinden wirst, und meiner Meinung nach ist das auch nicht so wichtig. Außerdem müssen wir noch ein paar Stallarbeiten erledigen, wenn wir zurück sind – wenn wir jetzt noch einen Abstecher zum Strand machen, ist es sicher stockdunkel, bis wir fertig werden.« Er machte eine kurze Pause. »Ehrlich, Lilly, wir haben keine Zeit mehr. Das ist mein Ernst.«

Er versuchte, die Spannung zwischen ihnen zu beheben, und Lilly nickte. »Okay, du hast Recht.« Durch eine Haarsträhne, die ihr der Wind ins Gesicht peitschte, blickte sie ihn an. »Aber ich werde die Suche trotzdem nicht aufgeben. Ich kann nicht.«

Joel zuckte mit den Schultern, sagte jedoch nichts und dann ritten sie zum Hof zurück.

Der Reitstall der Richards lag oberhalb eines lang gezogenen Tals. Steile Klippen, mit Heidekraut und Stechginstersträuchern bewachsen, führten bis zum Meer hinunter. Chapel Cottage, in dem Lillys Großmutter wohnte, lag auf halber Höhe und deshalb würde Lilly nicht länger als zehn Minuten brauchen, um nach getaner Arbeit vom Reitstall nach Hause zu kommen.

Es wurde bereits dunkel, als Lilly sich von Joel und seinen Eltern verabschiedete. Nach ein oder zwei Stunden auf einem Pferderücken fühlte sich das Gehen immer etwas ungewohnt an. Ihre Beine waren noch nicht ans Reiten gewöhnt. Heute jedoch achtete sie kaum darauf. Schade, dass sie und Joel wieder auf dieses heikle Thema zu sprechen gekommen waren. Es war irgendwie frustrierend, ihm immer wieder vergeblich klar machen zu wollen, dass es das Graue Pferd sehr wohl gab und dass es eine Gefahr darstellte.

Wie um alles in der Welt hätte sie sich das Graue Pferd nur *einbilden* können – mit seinem stählernen Blick, der Mähne aus Seetang und dem kalten Schimmer, der die Kreatur umgab? Sie hatte dem Grauen Pferd direkt gegenübergestanden und es hätte sie um ein Haar umgebracht. Das verdrängte Joel jetzt offenbar. So war es ja auch bequemer. Sie jedoch wusste, dass das Graue Pferd immer noch irgendwo da draußen war und nur darauf wartete, erneut zuzuschlagen.

Ein Schauer lief ihr über den Rücken und sie blickte sich verstohlen um, weil sie das Gefühl hatte, von einem schweigenden Schatten verfolgt zu werden. Doch da war nichts. Trotzdem berührte Lilly instinktiv ihr rechtes Handgelenk. Ihre Finger umschlossen etwas Glattes, Kühles und ihre Angst machte einer plötzlichen Erleichterung Platz. Das hübsch gebogene, blaue Glasstück, das sie in jener Nacht in der Höhle gefunden hatte ... Nan hatte es an einem silbernen Armkettchen befestigt, das Lilly seither nie mehr ablegte. Dieses Glasstück war ein Glücksbringer, ihr Talisman, ein Geschenk des Blauen Pferdes, wie sie glaubte. Das Blaue Pferd war ein guter Geist und der Erzfeind des Grauen Pferdes. Das Blaue Pferd würde sie beschützen, zumindest soweit es in seiner Macht stand.

Doch Lilly ahnte, dass sie erst dann wirklich außer Gefahr war, wenn sie das fehlende Stück des Tonpferdes finden würde und die Figur wieder komplett wäre ...

Als sie erneut eine Gänsehaut bekam, begann sie zu rennen. Sie konnte das Schieferdach von Chapel Cottage schon sehen, halb versteckt in einer kleinen Mulde, und sie rannte immer schneller, bis sie keuchend an der Gartenpforte ankam. Im Erdgeschoss brannte Licht und aus dem Schornstein stieg Rauch auf. Das bedeutete, dass Nan das Feuer im Kamin im Wohnzimmer bereits angezündet hatte. Ein Gefühl von Wärme und Geborgenheit durchströmte Lilly, als sie über den Gartenweg eilte und durch die Hintertür ins Haus ging. Im Flur zog sie ihre Reitstiefel aus und stellte sie auf die Fußmatte. In der Küche war es warm und hell. Aus dem Backofen strömte ein leckerer Duft, und Baggins, Nans flauschige schwarze Katze, die auf ihrem Lieblingsstuhl lag, miaute zur Begrüßung.

»Lilly?«, kam Nans Stimme aus einem anderen Zimmer. »Bist du es?«

»Ja, Nan«, rief Lilly zurück.

Nan tauchte in der Küchentür auf. Sie war Malerin und kam ganz offensichtlich aus ihrem Atelier, denn sie trug eine alte Jeans und einen alten, weiten Kittel. Sie wischte sich die Hände an einem ebenfalls sehr farbenfrohen Lappen ab und schob sich ein paar widerspenstige Strähnen ihrer schwarzen Haare, die sie meist im Nacken zusammengebunden hatte, hinter die Ohren.

»Ich bin froh, dass du da bist, bevor es ganz dunkel ist«, sagte sie. »Jetzt im Dezember sind die Tage so kurz. Hattest du einen schönen Nachmittag?«

»Ja, sehr schön.« Den kleinen Streit mit Joel erwähnte sie lieber nicht. »Und du? Hast du gemalt?«

»Ja, aber ich höre jetzt auf. Bei künstlichem Licht kriege ich die Farben nie so richtig hin.« Nan deutete mit dem Kopf zum Backofen. »Es gibt Hähnchen.«

»Hmmm ...« Lilly liebte Nans Hähnchen. »Dann geh ich vorher noch schnell duschen. Ich rieche nach Stall.«

Nan lachte. »Na, es gibt schlimmere Gerüche! Dann ab mit dir. In etwa zwanzig Minuten gibt es Essen.«

Lilly rannte die Treppe hinauf und in ihr Zimmer, wo sie ihre Jacke und den Pulli auszog. Als sie schon ins Badezimmer gehen wollte, blieb sie noch einmal kurz stehen und betrachtete das Bild an ihrer Wand. In ihrem Zimmer hingen mehrere Bilder, doch dieses eine war etwas Besonderes. Nan hatte es schon vor vielen Jahren gemalt. Es zeigte ein weißes Pferd mit einem üppigen Schweif, das mit wehender Mähne aus dem Meer galoppiert kam. Es war eine nächtliche Szene mit einem Vollmond hoch oben am Himmel, und obwohl das Pferd weiß war, verlieh das Mondlicht seinem Fell einen bläulichen Schimmer.

Lilly musste unwillkürlich lächeln und sie fühlte sich gleich besser. Auch wenn Joel der Wahrheit nicht ins Gesicht sehen wollte, ihre Großmutter kannte sie. Mit diesem Bild und dem Armkettchen versuchte sie, Lilly auf ihre Art bei der Suche nach dem Blauen Pferd zu unterstützen.

Lilly warf dem Bild noch schnell eine Kusshand zu, ehe sie zum Duschen ins Bad ging.

2. Kapitel

Joel stöhnte zwar ständig wegen der Schule, aber Lilly ging gern dorthin. Und kurz vor den Weihnachtsferien gab es noch ein besonderes Ereignis, auf das sich alle Schüler freuten.

Jedes Jahr im Dezember hielt die Schule einen Weihnachtsbazar ab, bei dem Gegenstände verkauft wurden, die die Schüler gebastelt oder gemalt hatten. Das eingenommene Geld war für einen guten Zweck bestimmt, den jede Klasse selbst festlegen durfte. Der Erlös von Lillys Klasse sollte an ein Tierheim gehen und deshalb arbeiteten sie alle an Gegenständen, die mit Tieren zu tun hatten und die sie bei diesem Bazar verkaufen wollten. Zur allgemeinen Freude hatte ihre Klassenlehrerin für kommenden Mittwoch einen Besuch in diesem Tierheim geplant. Und um Punkt halb neun versammelten sich alle vor der Schule, wo schon ein kleiner Bus auf sie wartete.

Lilly konnte einen Fensterplatz im hinteren Teil des Busses ergattern und begann die mitgebrachten Zeichenstifte zu sortieren. Ihren Skizzenblock hatte sie natürlich auch dabei. Sie hatte schon damit angefangen, für den Bazar Tiere zu malen, nur Ponys und Pferde natürlich, und war überrascht, wie gut manche ihrer Bilder geworden waren. Nan hatte sie gelobt und gesagt, sie hätte Talent. Lilly freute sich schon darauf, auch ein paar Tiere aus dem Tierheim zu zeichnen.

Sie betrachtete gerade ein paar ihrer neueren Werke, als jemand sagte: »Hallo! Ist neben dir noch frei?«

Lilly blickte auf. Ein Mädchen mit einem sehr langen, blonden Zopf stand im Gang. Es war Marga. Ihre Familie war neu zugezogen und Marga ging erst seit einer Woche in Lillys Schule. Bisher hatten sich die zwei Mädchen noch nicht unterhalten, doch Lilly sagte lächelnd: »Klar, setz dich.«

Marga ließ sich auf den Sitz fallen und schaute auf die Bilder.

»Sind die für den Bazar?«, fragte sie. »Die sind echt gut.«

»Danke!« Lilly strahlte, fügte dann aber wahrheitsgemäß hinzu: »Meine Großmutter hat mir allerdings auch ein bisschen geholfen. Sie ist Malerin.«

»Ach ja, ich habe schon von ihr gehört. Ihr wohnt unten im Tal, nicht weit vom Meer, oder?« Marga wartete die Antwort gar nicht erst ab. »Ich wünschte, ich könnte auch so gut malen, aber leider bin ich ein hoffnungsloser Fall«, fuhr sie fort und grinste. »Vielleicht könntest du mir ja mal ein Bild von Lossie malen.«

»Lossie?«

»Ja, Lossie ist mein Pony.«

Lillys Augen blitzten auf. »Du hast ein eigenes Pony? Wow, du hast vielleicht ein Glück!«

»Stimmt. Reitest du auch?«

»Ja, das heißt, ich lerne es gerade. Ich helfe in dem Reitstall oben am Tal mit und dafür bekomme ich Reitstunden. Aber ich hätte zu gern auch ein eigenes Pferd. Wo hast du deinen ... Lossie denn ... untergebracht?«

»Zu Hause. Wir wohnen etwas außerhalb und ich kenne hier eigentlich noch niemanden.« Marga machte eine kurze Pause, ehe sie sagte: »Ich finde es toll, jemanden zu treffen, der auch ein Pferdefan ist.«

Als der Minibus losfuhr, unterhielten sich die beiden Mädchen längst angeregt über Pferde. Lilly erzählte Marga von den Ponys und Pferden im Reitstall der Richards und natürlich auch von Moonlight, während Marga Lilly von Lossie vorschwärmte, der, wie sie sagte, kastanienbraun war und eine weiße Blesse hatte. Sie habe ihn selbst zugeritten, erzählte sie voller Stolz, und war mit ihm schon bei mehreren Turnieren und Reiterfesten aufgetreten.

»Ich war noch nie bei einem Reiterfest«, sagte Lilly sehnsüchtig.

»Sie sind toll«, sagte Marga. »Jemand sollte hier auch eines organisieren, finde ich. Dann könnten wir zusammen antreten, ich mit Lossie und du mit Moonlight. Wäre das nicht spitze?«

Lilly war sich nicht sicher, ob ihre Reitkünste schon für ein Reiterfest ausreichten. Die Idee gefiel ihr aber trotzdem und sie sagte strahlend: »Au ja! Das wäre super!«

Der Besuch im Tierheim wurde zu einem unvergesslichen Ausflug. Es gab so viele Tiere zu sehen und mit einigen konnte man sogar spielen. Zu Lillys großer Freude waren auch viele Pferde da. Zuerst hatte sie etwas Bammel vor ihnen, weil sie so groß waren, doch der Direktor des Tierheims sagte lachend: »Keine Angst, es sind ganz sanfte Riesen. Streichle sie und gib ihnen Karotten, dann fressen sie dir förmlich aus der Hand!«

Das stimmte und Lilly blieb fast die ganze Zeit bei den Pferden, erkundigte sich nach ihren Namen und freundete sich richtig mit ihnen an. Als die Zeit um war und die Schüler widerwillig in den Bus stiegen, hatte Lilly einige Skizzen von den Pferden gemacht und war fest entschlossen, von ihren besten Skizzen richtig schöne Bilder zu malen.

Im Bus setzte sich Marga wieder neben Lilly. Im Tierheim selbst hatte Lilly sie nicht viel gesehen, aber sie merkte sofort, wie aufgeregt Marga war. Und kaum fuhr der Bus an, da erfuhr sie auch schon, was der Grund dafür war.

»Du weißt doch noch, was ich auf der Hinfahrt über das Reiterfest gesagt habe«, begann Marga. »Dass jemand eines organisieren sollte. Weißt du was? Ich habe mir überlegt, dass wir beide das doch machen könnten. Mal ehrlich, warum denn nicht?«

»Wie? Du und ich?« Lilly war verblüfft.

»Na ja, nicht nur wir beide natürlich. Aber was ist mit diesem Reitstall, zu dem du immer gehst? Die Leute haben doch sicher viele Ponys und Pferde und vermutlich auch massenhaft Koppeln und Weiden. Meinst du nicht, dass sie uns helfen würden? Vielleicht können wir durch ein Reiterfest auch mehr Geld für das Tierheim zusammenbringen. Und eine gute Werbung für den Reitstall wäre es auch.«

Lilly ließ sich immer mehr von Margas Begeisterung anstecken. »Oh ja«, sagte sie voller Eifer. »Ich bin mir sicher, dass sie Interesse hätten!«

»Super! Wie könnten wir es nennen ...? Hm, ich weiß nicht – so etwas wie Pony-Spaßtag oder so? Oder einfach nur Reiterfest? Wir machen alle möglichen Wettkämpfe, zum Beispiel Springen und Slalomreiten. Und vielleicht können wir sogar eine Musikparade auf die Beine stellen ...«

»Hey, immer langsam!« Lilly lachte. »Wir haben die Richards doch noch gar nicht gefragt!«

»Tja, das ist deine Aufgabe!« Marga strahlte sie an. »Ruf sie am besten gleich heute Abend an! Wir haben noch keinen Telefonanschluss und ein Handy hab ich leider auch nicht, aber du kannst mir ja morgen in der Schule berichten, was sie gesagt haben.«

»Einverstanden«, sagte Lilly. »Ich rufe sie an, sobald ich zu Hause bin.«

»Super!«, sagte Marga mit einem spitzbübischen Grinsen. »Weißt du was? Das könnte eine ganz große Sache werden!«

Nan wartete schon in ihrem Auto, als der Bus vor der Schule eintraf, und während sie ins Chapel Cottage zurückfuhren, erzählte ihr Lilly von ihrem herrlichen Ausflug und natürlich auch von Margas Vorschlag.

Nan war sofort Feuer und Flamme. »Gleich nach Weihnachten wäre ein idealer Termin«, sagte sie. »Nach den Feiertagen sind die Leute meistens etwas erschöpft, aber das gäbe ihnen einen Anlass, auf den sie sich freuen könnten.«

Als sie zu Hause ankamen, schaute Lilly auf die Uhr und überlegte sich, dass Joel inzwischen aus Truro zurück sein müsste. Deshalb hängte sie nur schnell ihren Mantel auf und holte das Handy aus der Tasche. Doch als sie es herauszog, stutzte sie plötzlich.

»Oh nein ...« Ihre Stimme klang entsetzt.

»Was ist los?«, fragte Nan.

Fassungslos starrte Lilly auf ihr Handgelenk. »Mein Kettchen – es ist weg!«

»Was?« Nan kam zu ihr geeilt. »Bist du dir sicher? Sieh mal im Ärmel vom Mantel nach; vielleicht hast du es versehentlich abgestreift.«

Lilly tastete ihren Ärmel ab. »Nein«, sagte sie. »Hab ich nicht. Es muss irgendwo heruntergefallen sein. Oh, Nan ...«

»Immer mit der Ruhe«, sagte Nan. »Irgendwo muss es doch sein. Wann hast du es das letzte Mal gesehen? Erinnerst du dich noch daran?«

Lilly überlegte. »Beim Mittagessen im Tierheim hatte ich es definitiv noch«, sagte sie dann. »Das weiß ich genau, weil es in der Cafeteria blaue Gläser gab und da ist mir aufgefallen, dass sie fast dieselbe Farbe hatten wie mein Anhänger.«

»Tja, dann gibt es genau drei Möglichkeiten. Entweder hast du es im Tierheim, im Bus oder vorhin im Auto verloren.« Nan griff nach ihrer Taschenlampe. »Komm, im Auto sehen wir gleich mal nach.«

Aber das Armkettchen war nicht im Auto, und obwohl sie mit der Taschenlampe den ganzen Fußraum absuchten, blieb es verschwunden.

»Na schön«, sagte Nan. »Dann rufen wir jetzt im Tierheim und beim Busunternehmen an und fragen, ob es dort jemand gefunden hat.« Sie sah Lillys bestürzte Miene und ahnte, was ihrer Enkelin durch den Kopf ging. »Keine Sorge, mein Schatz. Wir werden es schon wiederfinden.«

»Und wenn nicht?«, flüsterte Lilly.

Im ersten Moment wirkte Nan etwas unsicher. Dann rang sie sich ein zuversichtliches Lächeln ab. »Komm, wir rufen jetzt an! Das Armkettchen wird wieder auftauchen, da bin ich mir ganz sicher.«

Doch sie irrte sich. Die Leute vom Tierheim und vom Busunternehmen zeigten sich zwar verständnisvoll und hilfsbereit, doch bei ihnen war nichts abgegeben worden. Morgen würden sie alles absuchen, und falls sie das Armkettchen fänden, würden sie natürlich sofort anrufen.

Lilly spürte, dass Nan etwas beunruhigt war, obwohl sie es sich nicht anmerken lassen wollte. Lilly selbst war nicht nur beunruhigt, sondern am Rande der Verzweiflung. Das geplante Reiterfest war vergessen und sie grübelte den ganzen Abend nur über das verlorene Armkettchen nach. Wenn es nicht im Tierheim und nicht im Bus war, wo konnte es dann sein? Sie stellte sich vor, dass eines der wuchtigen Pferde den Glasanhänger versehentlich zertrampelt oder zusammen mit einem Haufen Heu verschluckt hatte. Ihre einzige, winzige Hoffnung war, dass jemand aus ihrer Klasse das Armkettchen gefunden haben könnte. Falls ja, würde der oder die Betreffende es vermutlich morgen mit in die Schule bringen, auch wenn er oder sie nicht wusste, wem es gehörte.

Aber wenn nicht? Was, wenn das Kettchen unwiederbringlich verloren war? Dieser Gedanke quälte Lilly noch, als sie schon im Bett lag. Das blaue Glasstückchen war ihr Talisman. Wenn es sie wirklich vor dem Grauen Pferd beschützte – wie sie glaubte –, bedeutete sein Verlust dann, dass sie ab sofort der bösen Macht schutzlos ausgeliefert war?

Unruhig wälzte sie sich hin und her, und als sie irgendwann wieder aufwachte, war es noch längst nicht Morgen. Nan schlief natürlich noch. Lilly machte ihre Deckenlampe an und lag etliche Minuten lang einfach nur da und versuchte angestrengt, nicht an das fehlende Armkettchen zu denken. Plötzlich hörte sie von draußen Geräusche, die gestern Abend bestimmt noch nicht da gewesen waren. Es war ein pfeifendes, fast johlendes Stöhnen – begleitet von einem schwachen, entfernten Hintergrundgeräusch, das sich wie ein dumpfes Tosen anhörte ...

Lilly kletterte aus ihrem Bett und tapste zum Fenster. Obwohl es draußen noch dunkel war, war das Licht, das aus ihrem Fenster fiel, hell genug, um die Büsche und Hecken im Garten sehen zu können, die von wütend brausenden Windböen hin und her gerissen wurden. Der Sturm konnte erst in den letzten Stunden aufgekommen sein und fegte nun mit voller Wucht vom Meer her durch das Tal. Und das Tosen in der Ferne konnte nur von hohen Wellenbrechern stammen, die, vom orkanartigen Wind aufgepeitscht, nun an den Strand und gegen die Klippen donnerten.

Lilly zog den Vorhang wieder zu und ging ins Bett zurück. In den Wetternachrichten am Vorabend war kein Sturm angekündigt worden. Er war so plötzlich gekommen. Eine schreckliche Ahnung beschlich Lilly und sie hatte das sichere Gefühl, dass dieser unerwartete Wetterumschwung kein Zufall sein konnte. Es war ein Vorzeichen, eine Warnung.

Eine Botschaft vom Grauen Pferd ...

3. Kapitel

Als Nan Lilly am nächsten Morgen zur Schule fuhr, schüttete es wie aus Kübeln und heftige Windstöße peitschten gegen die Windschutzscheibe. Lilly konnte ihre Befürchtung, dass dieses Wetter ein böses Omen war, noch immer nicht abschütteln und sie hoffte inständig, dass jemand ihr Armkettchen gefunden hatte und es nachher zur Schule mitbringen würde. Leider war das nicht der Fall. Mrs Beck, die Klassenlehrerin, informierte Lillys Mitschüler, dass Lilly ihr Armkettchen vermisste, und bat sie, sich zu melden, wenn sie etwas gefunden hätten. Doch niemand meldete sich.

In der Mittagspause hatte Lilly keinen Appetit. Trotzdem zwang sie sich, mit den anderen in die Schulkantine zu gehen, und knabberte lustlos an einem Sandwich, als Marga plötzlich hinter ihr stand.

»Na, alles in Ordnung?«, erkundigte sich Marga.

»Nicht wirklich«, antwortete Lilly. »Mein Armkettchen ist weg.«

Marga setzte sich neben sie. »Ist es sehr wertvoll?«

»Nein, aber ich hänge dran.«

Margas Gesicht drückte großes Mitgefühl aus. »Lass den Kopf nicht hängen. Vielleicht wird es doch noch gefunden, man weiß nie. Häng doch einen Zettel ans schwarze Brett, dann vergessen die anderen nicht, danach zu suchen.« Marga zögerte einen Moment, dann fügte sie hinzu: »Ich nehme an, du hast in der ganzen Aufregung nicht daran gedacht, deinen Freund vom Reitstall anzurufen, oder?«

»Oh – nein, hab ich vergessen. Tut mir Leid.«

»Halb so wild. Du hattest andere Dinge im Kopf. Aber meinst du, du schaffst es heute Abend?«

Lilly bemühte sich angestrengt, den schweren Stein von ihrem Herzen zu schieben. Dass ihr Armkettchen verschwunden war, konnte jetzt nicht zum Mittelpunkt ihres Denkens werden. Marga hatte Recht. Vielleicht tauchte es doch wieder auf. Sie durfte die Hoffnung nicht aufgeben. Und noch weniger durfte sie sich von ihren heimlichen Ängsten einfangen lassen.

»Ja«, sagte sie deshalb, »sicher. Dann sage ich dir morgen früh Bescheid.«

»Das klingt schon besser!« Lächelnd drückte Marga Lillys Hand. Dann blickte sie zum Fenster hinaus. »Sieh dir diesen Regen an! Falls unser Plan mit dem Reiterfest klappt, können wir nur die Daumen drücken, dass wir nicht solches Wetter haben werden.«

Bei diesen Worten bekam Lilly eine Gänsehaut, weil sie plötzlich wieder daran denken musste, wie plötzlich und unerwartet dieses Unwetter begonnen hatte. Margas Bemerkung war natürlich völlig harmlos gemeint. Woher hätte sie auch wissen sollen, was Lilly durch den Kopf ging? Vermutlich hatte sie auch die Bestürzung in Lillys Augen nicht gesehen.

Und das war vielleicht auch besser so ...

Es regnete noch immer, als Nan Lilly von der Schule abholte. Nan hatte noch einmal beim Tierheim und beim Busunternehmen angerufen, doch leider vergebens. Das Armkettchen war und blieb verschwunden.

»Lilly, mach dir keine Sorgen«, sagte Nan, als sie zu Hause waren. »Das hilft nichts. Am besten ist es, wenn du versuchst, dich auf etwas anderes zu konzentrieren.« Sie lächelte. »Zum Beispiel auf das Reitturnier, das du und deine neue Freundin auf die Beine stellen wollt. Du hast die Richards noch nicht gefragt, oder? Nun, dann ruf sie doch einfach mal an.«

»Stimmt, das könnte ich ...« Lilly klang nicht sehr begeistert.

»Schon besser!« Nan drückte sie an sich. »Und sag ihnen, dass ich gern mithelfe. Was das Reiten betrifft, so bin ich zwar etwas aus der Übung, aber bei der Organisation kann ich mich sicher nützlich machen.«

Lillys Miene hellte sich auf. »Das wäre toll, Nan. Gut, dann ruf ich gleich mal an.«

Mrs Richards nahm das Gespräch entgegen, und als Lilly ihr von Margas Idee erzählte, war Joels Mutter sofort begeistert. »Das wäre eine großartige Werbung für uns«, sagte sie. »Und unser Gelände ist auch groß genug für alle möglichen Shows. Eine wunderbare Idee, Lilly!«

»Es war nicht wirklich meine Idee«, gestand Lilly. »Der Vorschlag kam von Marga.«

»Na schön, dann danke ich euch beiden. Joel wird sich auch freuen. Ich sage ihm, er soll dich zurückrufen, sobald er von der Schule kommt. Ach, übrigens – hast du und deine Großmutter an Weihnachten schon etwas vor?«

An Weihnachten hatte Lilly bisher kaum gedacht, aber jetzt fiel ihr ein, dass es bis dahin nur noch ein paar Wochen waren. »Ich weiß nicht«, sagte sie.

»Wir machen ein kleines Fest am zweiten Weihnachtsfeiertag. Ich würde mich freuen, wenn ihr beide auch kommen würdet.«

»Das hört sich toll an! Ich werde es Nan sagen.«

»Gut. Und lade auch deine Freundin Marga ein. Dann können wir uns gleich über das Reiterfest unterhalten.«

Als Lilly in die Küche zurückkam, hatte sich ihre Laune um einiges gebessert. Sich auf andere Dinge zu konzentrieren, half tatsächlich. Nan freute sich sehr über die Einladung und sagte, dass sie auch langsam anfangen sollten, ihre Feiertage zu planen. Auf jeden Fall war das Graue Pferd für eine Weile vergessen.

Aber nicht für lange. In der folgenden Nacht hatte Lilly einen grässlichen Traum. Es war wie schon einmal: Sie rannte durch eine tosende, sturmgepeitschte Finsternis und versuchte verzweifelt, sich vor der Flut in Sicherheit zu bringen, die dicht hinter ihr war und immer näher kam. Sie konnte nichts sehen, wusste aber, dass sich eine gewaltige Welle aufgetürmt hatte, die binnen weniger Sekunden donnernd über ihr zusammenbrechen würde, um sie zu verschlucken und mit sich fortzureißen. Und dann war in ihrem Kopf nur noch das Getrappel von Hufen in wildem Galopp zu hören und eine tiefe donnernde Stimme, die rief: »GRAU! GRAU! GRAU!«

Als Lilly aufwachte, lag sie mehrere Minuten lang zitternd da, bis sie sich wieder einigermaßen beruhigt hatte. In der Stimme aus ihrem Albtraum hatte so viel Wut und Hass gelegen, und sie wusste, dass diese Gefühle gegen sie gerichtet waren. Das Graue Pferd hatte allen Grund, sie zu hassen. Vor vielen Jahrhunderten hatten ihre Vorfahren es besiegt und seinen Geist in eine Tonfigur eingesperrt. Doch dann hatte Lilly das Zauberpferd unwissentlich befreit, weil ihr die Figur aus der Hand gefallen war. Sie stand auf der Seite des Blauen Pferdes, dem Erzfeind des Grauen Pferdes. Dass es eine Niederlage hatte einstecken müssen, würde das Graue Pferd niemals verwinden. Für Lilly lag in dem Traum eindeutig eine Warnung; die Warnung, dass das Graue Pferd sich an ihr rächen würde, sobald sich eine Möglichkeit dazu bot. Und nun hatte sie auch noch ihr Armkettchen verloren!

Mit zittrigen Fingern machte sie ihre Nachttischlampe an und atmete erleichtert aus, als es in ihrem Zimmer plötzlich hell war. Der Regen hatte zwar aufgehört, doch der Wind heulte immer noch vor ihrem Fenster. Lilly blickte auf das Bild an der Wand, das ihre Großmutter gemalt hatte: Dieses wunderschöne, bläulich weiße Pferd, das gerade aus dem Meer galoppiert kam. *Blaues Pferd, Blaues Pferd* ... Lautlos sagte sie es vor sich hin, um sich zu beruhigen. Doch im Hinterkopf meldete sich wieder die Stimme aus ihrem Traum:

»GRAU! GRAU! GRAU!«

Es war, als würde irgendwo, in nicht allzu großer Ferne, etwas Dunkles und Gefährliches sie auslachen.

Nach dem Traum in jener Nacht hatte Lilly mehrere kleine Unfälle.

Der erste passierte am Freitagabend, als sie Gemüse für das Abendessen klein schnitt. Das Messer rutschte plötzlich weg und sie schnitt sich in den Finger. Die Wunde war zum Glück nicht sehr tief, aber Lilly war vor Schreck wie gelähmt. Auch nachdem Nan die Wunde gesäubert und ein Pflaster darauf geklebt hatte, ließen die Schmerzen noch nicht nach.

Und am Samstagmorgen wäre Lilly beinahe die Treppe hinuntergefallen. Sie hatte offenbar nicht aufgepasst, die oberste Stufe übersehen und war gestolpert. Hätte sie sich nicht geistesgegenwärtig am Geländer festgehalten, wäre die Sache sicher böse ausgegangen. Am Nachmittag trat ihr dann eines der Pferde im Reitstall auf den Fuß. Und am Sonntagabend verschüttete sie ein volles Glas mit Tee auf ihren Schoß. Zum Glück war der Tee nicht mehr sehr heiß gewesen.

Abgesehen von der Schnittwunde war nichts wirklich Schlimmes passiert und normalerweise hätte sich Lilly auch keine Sorgen gemacht. Schließlich hatte jeder ab und zu mal eine Pechsträhne oder eine Phase, in der sich Missgeschicke häuften. Aber es waren einfach zu viele auf einmal. Das konnte kein Zufall mehr sein. Es war, als wäre das Armkettchen so etwas wie ihr Schutzschild gewesen, und jetzt, wo es verschwunden war, war sie dem unheilvollen Einfluss des Grauen Pferdes wehrlos ausgeliefert. Doch diese kleinen Zwischenfälle waren erst der Anfang. Das Graue Pferd konnte noch sehr viel grausamer sein. Nichts würde es daran hindern. Wenn es könnte, würde es sie töten, davon war Lilly überzeugt.

Sie sehnte sich danach, mit Nan über ihre Ängste zu sprechen, aber sie konnte sich einfach nicht dazu durchringen. Seltsamerweise schien Nan jedoch zu spüren, wie es Lilly ging, ohne dass es großer Worte bedurft hätte. Denn als Lilly am Montagnachmittag aus der Schule kam und zu Nan wie üblich ins Auto stieg, sah Lilly auf dem Rücksitz unzählige Einkaufstüten liegen.

»Ich habe ein paar Sachen für dich gekauft«, antwortete Nan wie beiläufig, als Lilly sie danach fragte. »Ich musste sowieso nach Truro. Es sind so etwas wie verfrühte Weihnachtsgeschenke, weißt du.«

Als Lilly neugierig in die Tüten schaute, entdeckte sie eine Fleecejacke mit Kapuze, eine gemusterte Strumpfhose und eine topmoderne Jeans. Und alle Sachen waren blau!

Lilly riss die Augen auf. »Oh, *Nan* ...«

Nan schien zu wissen, was ihrer Enkelin durch den Kopf ging, denn sie lächelte verschmitzt. »Und wenn wir zu Hause sind«, sagte sie, »könnten wir doch noch ein paar Bilder für euren Weihnachtsbazar malen, was meinst du? Wie wäre es mit blauen Pferden?«

Der Weihnachtsbazar fand am letzten Schultag des Jahres statt. Er war ein voller Erfolg. Lilly trug ihre neuen Sachen, als sie hinter einem der Verkaufsstände stand, und am Abend war fast alles verkauft, auch all ihre Bilder.

Lilly ging es wieder sehr viel besser. Seit Montag hatte sie sich nur auf die Farbe Blau konzentriert. Sie hatte darauf geachtet, stets etwas Blaues zu tragen, auch wenn es nur Socken oder das T-Shirt unter ihrer Schulkleidung waren. Die Wände ihres Zimmers waren inzwischen mit Unmengen von Bildern voll gehängt, Bilder von blauen Pferden, die sie und Nan gemalt hatten. Nan hatte sogar die Zimmerdecke blau angestrichen.

Es schien zu wirken, denn seit Montag hatte es keinerlei Zwischenfälle mehr gegeben.

Nach dem Bazar räumten die Schüler alles auf und bauten auch die Verkaufstische wieder ab. Lilly verabschiedete sich gerade von ihren Klassenkameradinnen, die mit ihr am Stand gestanden hatten, als Marga auf sie zukam.

»Ich habe eines von deinen Bildern gekauft«, sagte Marga und hielt eine Tragetasche hoch. »Als Weihnachtsgeschenk für meine Mutter.«

»Danke!« Lilly freute sich wirklich. »Ist deine Mutter auch hier? Hoffentlich hat sie es noch nicht gesehen, sonst wäre ja die ganze Überraschung im Eimer.«

»Oh, sie ist nicht gekommen«, sagte Marga achselzuckend und wechselte dann abrupt das Thema. »Hör mal, ich hab dir doch gesagt, dass wir noch kein Telefon haben, oder? Und wie es scheint, klappt es vor den Feiertagen auch nicht mehr. Deshalb hab ich mir überlegt, dass wir jetzt schon einen Termin ausmachen könnten, an dem wir uns treffen, um das Reiterfest zu besprechen.« Sie machte eine kurze Pause. »Wann gehst du denn das nächste Mal in den Reitstall?«

»Morgen früh, falls es nicht wie aus Kübeln schüttet.«

»Super! Ich könnte mit Lossie rüberkommen und wir treffen uns dort. Was hältst du davon?«

Lilly war einverstanden. »Dann kannst du auch gleich Joel und Mrs Richards kennen lernen. Und weißt du was? Danach kannst du noch mit zu mir zum Abendessen kommen. Nan hat sicher nichts dagegen, sie hat gesagt, dass ich gern mal jemanden mitbringen kann.«

Ein Schatten huschte über Margas Gesicht. »Hm ... ich weiß nicht, ob meine Mutter es erlaubt. Aber ich werde sie fragen.« Ihre Miene hellte sich wieder auf. »Also dann bis morgen früh. Ich denke, ich werde so gegen halb zehn da sein.«

Danach eilte sie zum Ausgang und Lilly schaute ihr nachdenklich hinterher. Margas Worten von vorhin und früheren Bemerkungen nach zu schließen, fühlte sich Marga offenbar nicht sehr wohl zu Hause. Sie hatte keine Geschwister, das hatte Lilly schon mitbekommen, und auch nie einen Vater erwähnt, nur ihre Mutter, die allem Anschein nach sehr streng war und keinen Wert darauf legte, dass ihre Tochter Anschluss fand. Lilly bekam Mitleid mit Marga. Außerhalb des Dorfes zu wohnen, ohne Telefon und Freunde in der Nähe, war sicher nicht sehr lustig. Kein Wunder, dass Marga manchmal über Lossie redete, als wäre er ihr einziger Freund.

Eine Stimme hinter ihr riss sie aus ihren Gedanken. »Hallo, Lilly, mein Schatz. Können wir gehen?«

Lilly wirbelte herum. Da stand Nan, mit einem Lächeln auf den Lippen und Lillys Schulmantel in der Hand. Lilly strahlte sie an und sagte sich, dass sie mit ihrer Großmutter ganz schön Glück gehabt hatte.

»Ja, Nan«, sagte sie und fiel ihrer Großmutter um den Hals. »Ich bin so weit.«

4. Kapitel

Am nächsten Morgen war es windig, aber trocken, und Lilly machte sich gleich nach dem Frühstück auf den Weg zu den Richards. Der Wind kam vom Meer, und als sie den Weg zum Reitstall hinaufging, hörte sie in der Ferne das Brausen der Wellen. Tief hängende, dunkle Wolkenfetzen jagten über den Himmel und ließen die Landschaft auf beiden Seiten grimmig und irgendwie bedrohlich wirken. Lilly schob ihre Hände noch ein Stück tiefer in ihre Jackentaschen und achtete sorgsam auf den unebenen Weg, damit sie nicht stolperte.

Als sie den Reitstall erreichte, kam Barney, der große pelzige Hund der Richards, schwanzwedelnd und mit einem freudigen Bellen über den Hof gerannt, um sie zu begrüßen. Sie kletterte über das aus fünf Querstangen bestehende Gatter (was einfacher war, als es erst zu öffnen und wieder zu schließen) und streichelte Barneys Kopf genau so, wie er es liebte. Dabei fiel ihr Blick auf Joel und seine Mutter, die auf der großen Weide hinter den Stallgebäuden standen. Sie waren gerade dabei, eine junge Stute namens Chrissie zu trainieren, die an einer langen Leine im Kreis lief. Lilly wusste, dass man das Longieren nannte. Chrissie war ein wunderschönes Pferd, ein so genannter Rotschimmel, mit einem kastanienbraunen Fell mit weißen Flecken. Auch Mähne und Schweif waren ziemlich hell. Sie schritt elegant aus, hielt den Kopf aufrecht und wirkte sehr leichtfüßig. Lilly schaute ihr eine Weile bewundernd zu, bis Joel sie entdeckte.

»Hallo!«, sagte er, als sie mit Barney im Schlepptau bei ihm ankam. »Chrissie macht sich wirklich gut, oder?«

»Ja, ganz toll.« Lilly konnte ihre Augen kaum von der jungen Stute lösen. »Ist sie schon mal geritten worden?«

»Mum saß schon ein paarmal auf ihrem Rücken, aber sonst noch niemand. Sie ist ziemlich temperamentvoll und kräftig. Aber selbst wenn sie vollends zugeritten ist, können wir sie nur sehr erfahrenen Reitern anvertrauen, sagt Mum.«

Lilly lachte. »Aha, dann ist sie also nichts für mich. Aber ich würde Moonlight sowieso gegen kein anderes Pferd der Welt eintauschen.«

Auf dem Weg zu den Ställen erzählte Lilly Joel, dass Marga nachher mit Lossie vorbeikommen würde.

»Super!«, sagte Joel. »Dann können wir schon mal mit der Planung anfangen. Sag mal, wie ist sie eigentlich, diese Marga?«

»Sie ist ...« Lilly zögerte und legte die Stirn in Falten. »Hmm ... ich glaube, sie ist etwas einsam und nicht sehr glücklich zu Hause.« Sie schilderte ihm, was ihr neulich wegen Marga durch den Kopf gegangen war, und fügte noch hinzu: »Ich denke, sie versucht, ein paar gute Freunde zu finden. Falls sie das überhaupt darf ...«

Joel verzog das Gesicht. »Das muss ja hart sein! Na ja, mal sehen, wie wir ihr helfen können.«

Inzwischen waren sie bei den Stallgebäuden angekommen und Lilly ging sofort zu Moonlights Box. Das fast weiße Pferd begrüßte sie mit einem freudigen Wiehern und leckte ihre Finger ab, als sie ihm eine Karotte und die Apfelstücke gab, die sie immer für ihn mitbrachte. Da Marga noch kommen wollte, würden sie an diesem Morgen nicht ausreiten. Deshalb schlug Joel vor, das Sattel- und Zaumzeug zu putzen, während sie auf Marga warteten.

Joel polierte gerade einen Sattel und Lilly die Steigbügel, als sich Hufgeklapper näherte. Lilly war als Erste an der Tür der Sattelkammer und konnte sehen, wie Marga auf dem Rücken eines rötlich braunen Pferdes über den Hof ritt.

Lossie war ganz anders, als Lilly ihn sich vorgestellt hatte. Er war wesentlich größer als Moonlight, sein Fell schimmerte leicht rötlich und seine Mähne und sein langer Schweif flatterten im Wind. Vor dem düsteren Himmel wirkte er so eindrucksvoll, dass Lilly den Atem anhielt.

Lossie schnaubte und warf den Kopf zurück. Das Klappern seiner Hufe erinnerte entfernt an Glockengeläut. Erst Margas Stimme riss Lilly wieder aus ihrem Bann. »Hallo! Hab ich euch gefunden!«

Grinsend schwang sie ein Bein über den Sattel und sprang leichtfüßig ab. »Was für ein Tag! Ich hoffe, ihr habt keinen Ausritt entlang der Klippen geplant!«

»Nein.« Lilly verzog den Mund zu einem Lächeln, doch ihre Augen hingen noch immer wie gebannt an dem Fuchs. »Ein wunderschönes Pferd«, sagte sie bewundernd.

»Wer, mein alter Lossie? Na ja, er ist nicht übel, würde ich sagen.«

»Ich dachte, er sei ein Pony, aber ...«

»Tja, er hat einiges Araberblut abgekriegt.« Marga tat zwar bescheiden, doch ein gewisser Stolz klang in ihrer Stimme mit. »Ja, ich glaube, streng genommen ist er eher ein Pferd als ein Pony. Er ist fast einen Meter fünfzig groß. Kann ich ihn irgendwo anbinden?«

Erst jetzt kam Lilly wieder richtig zu sich.

»Oh – ja natürlich. Bring ihn rüber in den Stall, da sind Ringe an der Wand.«

Trotz seines wilden, stolzen Aussehens schien Lossie ein sehr friedliches Tier zu sein und folgte Marga wie ein Lämmchen über den Hof. Einige der Pferde der Richards musterten den Neuankömmling mit großem Interesse über die Türen ihrer Boxen hinweg; eines von ihnen wieherte. Das Wiehern, mit dem Lossie antwortete, war so durchdringend, dass Lilly fast zusammengezuckt wäre.

Inzwischen war auch Joel aus der Sattelkammer gekommen. Er trat zu ihnen und sagte schon von weitem: »Hallo, du musst Marga sein. Du hast ja ein tolles Pferd!«

Lilly machte die beiden miteinander bekannt und Joel klopfte bewundernd Lossies Hals, fragte nach seiner Abstammung und seinem Charakter und eine Menge anderer Dinge, die Lilly noch nicht verstehen konnte, weil sie ja noch wenig Erfahrung mit Pferden hatte. Es dauerte keine Minute und schon redeten er und Marga in einem Pferdejargon, den nur Insider verstanden. Obwohl Lilly wusste, dass es bestimmt nicht so war, kam sie sich vor wie das fünfte Rad am

Wagen. Sie versuchte, dieses Gefühl zu verdrängen. Marga ritt offenbar schon seit Jahren, genau wie Joel, und da war es ja völlig normal, dass sie über ihr gemeinsames Hobby redeten. Lilly streichelte Lossies Nasenrücken, genau an der Stelle, wo seine Blesse aufhörte, und Lossie machte zufrieden die Augen halb zu und stupste sie, als wollte er fragen, ob sie nicht einen kleinen Leckerbissen für ihn hätte. Lilly hoffte, dass Moonlight nicht eifersüchtig sein würde, als sie Lossie das letzte Karottenstück gab, das sie noch in der Tasche hatte. Während er kaute, musterte Lilly Marga von der Seite.

Sie wusste zwar nicht, wie Marga wohnte, doch ihre Familie schien offenbar viel Geld zu haben. Lossie musste ein halbes Vermögen gekostet haben und sein Unterhalt war bestimmt teuer. Auch Margas Reitkleidung sah ziemlich teuer aus. Sie trug keine Jeans, Fleecejacke und ausgeliehene Reitkappe wie Lilly, oh nein! Marga hatte eine richtige Reithose und eine perfekt sitzende Jacke an und ihr Helm sah brandneu aus. Sie trug sogar Lederhandschuhe mit Verstärkungen auf den Innenseiten, damit sie die Zügel besser halten konnte. Für einen kurzen Moment spürte Lilly fast so etwas wie Neid.

Joel und Marga unterbrachen ihre angeregte Unterhaltung erst, als Hufgeklapper zu hören war. Es war Mrs Richards, die Chrissie vom Training zurückbrachte. Lilly stellte ihr Marga vor, Chrissie und Lossie wurden bewundert und dann schlug Mrs Richards vor, dass sie die beiden Pferde in den Stall bringen sollten, um ins Haus zu kommen und eine heiße Schokolade zu trinken und ein paar Kekse zu essen.

Also machten sie es sich im Wohnzimmer gemütlich und

begannen damit, das Reiterfest zu planen. Marga brachte noch ein paar Ideen ein, die sie Lilly gegenüber nicht erwähnt hatte, und sowohl Joel als auch seine Mutter waren sichtlich beeindruckt von ihren Vorschlägen. Besonders begeistert war Mrs Richards von der Musikparade.

»Ich habe mal an einer teilgenommen, kurz nachdem ich meine Ausbildung als Reitlehrerin abgeschlossen hatte«, erzählte sie. »Aber wir brauchen mindestens sechs Reiter, damit das Ganze auch gut aussieht.«

»Nun, zu viert sind wir ja schon mal«, sagte Joel. »Und was ist mit den Zwillingen, die jeden Samstag kommen? Sie sind schon ziemlich gut. Und dann wären da noch ...«

»Schon gut, ich hab's begriffen!« Abwehrend hob Mrs Richards die Hände. »Mit zehn Reitern sähe es natürlich noch besser aus.« Sie wandte sich an Lilly. »Was ist mit dir, Lilly? Fühlst du dich schon gut genug?«

Lilly merkte, wie sie errötete. »Hmm ...«, begann sie zögernd, beschloss dann aber, lieber ehrlich zu sein. »Ich weiß nicht, was eine Musikparade ist«, gab sie kleinlaut zu.

Drei überraschte Augenpaare starrten sie an, was Lilly natürlich noch verlegener machte. »Ach so, klar«, sagte Marga dann, »also, das ist so eine Art Schaureiten. Mehrere Reiter stehen im Kreis oder reiten hintereinander und führen eine Art Formation vor.«

»Und was ist das genau?« Lilly klang etwas skeptisch.

»Oh ... hm, hauptsächlich Kunststückchen. Sie drehen sich zum Beispiel im Sattel nach rechts oder beugen sich herunter und berühren die Stiefelspitzen.« Marga lächelte sie an. »Aber mach dir keine Sorgen. Es ist nicht schwierig.«

Lilly errötete erneut, vermutlich noch mehr als vorhin. Mrs Richards bemerkte es und sagte: »Wirklich nicht! Und außerdem, Lilly, ich finde, dass du inzwischen schon recht gut reitest. Also, dann nehmen wir auch eine Musikparade ins Programm auf. Am besten, ich hole einen Block und schreibe alle Ideen auf ...«

Bis zur Mittagszeit stand das Programm für das Reitturnier so gut wie fest. Mrs Richards hatte ein paar Sandwiches gemacht, und als sie mit dem Essen fertig waren, sagte sie: »Um zwei kommen ein paar Leute zum Reitunterricht. Außerdem haben wir für heute schon genug geplant. Was ist, wollt ihr drei nicht einen kleinen Ausritt machen? Moonlight ist frei, Lilly. Und du, Joel, kannst auf Jester reiten, er ist seit Tagen nicht mehr richtig bewegt worden. Aber geht bitte nicht in die Nähe der Steilklippen, verstanden? Der Wind ist ziemlich tückisch. Es wäre zu gefährlich.«

»Ja, wir sind vorsichtig«, versprach Joel und warf einen Blick auf Marga. »Hast du auch Lust oder wäre es zu viel für Lossie?«

»Aber nein, der schafft das schon«, antwortete Marga. »Ich würde euch gern begleiten.«

Lilly war etwas eingeschnappt. Sie hatte das Gefühl, dass Marga ursprünglich »dich« sagen wollte und damit nur Joel meinte, sich aber in letzter Sekunde verbessert hatte. Und prompt sprangen Marga und Joel auf und gingen zur Tür, wobei sie sich angeregt unterhielten und lachten. Sie drehten sich nicht einmal mehr um, um zu sehen, ob Lilly ihnen folgte. Das komische Gefühl, das Lilly vorhin schon hatte, kehrte zurück. Es fühlte sich an wie ein kleiner, stechender Schmerz im Magen. Diesmal war es nicht nur Neid, es war Eifersucht! Lilly schämte sich, konnte aber nichts dagegen tun. Sie hatte gedacht, Marga sei *ihre* Freundin, aber sie fand Joel ganz offensichtlich viel interessanter. Und Joel schien Marga auch zu mögen.

Erst als er schon in der Tür stand, drehte Joel den Kopf und fragte: »Kommst du, Lilly?«

Lilly schluckte und schob die trüben Gedanken schnell zur Seite. Vielleicht bildete sie es sich nur ein und Margas Auftauchen würde ihrer Freundschaft mit Joel keinen Abbruch tun. Das hoffte Lilly jedenfalls.

Doch als sie sah, wie Marga Joel anlächelte, war sie sich dessen nicht mehr so sicher.

Sie nahmen den Weg, der landeinwärts führte. Joel ritt auf Jester voraus, Lilly und Moonlight folgten hinter ihm und Marga und Lossie bildeten das Schlusslicht. Lilly war klar, dass Marga all ihre Fehler sehen konnte, und deshalb konzentrierte sie sich darauf, alles ganz richtig zu machen. Moonlight schien das zu spüren, denn er benahm sich mustergültig, hielt den Kopf schön hoch und bewegte sich mit gewohnter Eleganz. Lilly war ihm sehr dankbar dafür und merkte, dass ihre Anspannung nach einer Weile sogar nachließ.

Im oberen Teil des Tals wurde der Weg etwas breiter und Marga trieb Lossie an, bis sie auf Lillys Höhe waren. »Moonlight ist ein süßes Pferd«, sagte sie. »Ich habe ihn beobachtet, die Art, wie er sich bewegt. Er ist wunderschön! Hast du nicht gesagt, du bist Anfängerin? Diesen Eindruck hatte ich gar nicht!«

»Echt?« Lilly blinzelte. »Oh ... hm, danke.« Dann fügte sie wahrheitsgetreu hinzu: »Springen kann ich aber noch nicht. Joel sagt, er wird es mir beibringen.«

»Joel ist nett, nicht wahr?«, sagte Marga. »Aber das hab ich mir sowieso schon gedacht, so wie du ihn geschildert hast. Mrs Richards finde ich auch sehr sympathisch.« Plötzlich wurde ihr Gesicht ernst. »Ach, da fällt mir ein – du hast mich doch eingeladen, nachher mit zu dir zu kommen. Es geht leider nicht, meine Mutter ist dagegen und will, dass ich zum Abendessen nach Hause komme. Tut mir echt Leid. Ich wäre gern gekommen, aber ...« Sie zuckte mit den Schultern. »Mum ist manchmal etwas komisch.«

»Schade!« Lillys Eifersucht verwandelte sich plötzlich in Mitgefühl. Es hörte sich ganz so an, als wollte Margas Mutter nicht, dass ihre Tochter Freundschaften schloss. Wenn sie wirklich so reich war, wie Lilly inzwischen glaubte, dann war ihr der Reichtum vielleicht zu Kopf gestiegen und sie hielt sich für etwas Besseres als die »gewöhnlichen« Leute aus dem Dorf. Falls das so war, konnte Lilly es Marga nicht verdenken, dass sie versuchte, Freundschaften zu schließen, wann immer sich die Gelegenheit dazu bot. »Vielleicht ein andermal ...«, sagte sie.

»Ja, vielleicht.« Komischerweise blickte Marga dabei zur Seite.

Das kleine Grüppchen kam zur Straße, überquerte sie und ritt dann für ein Weilchen in einem langsamen Galopp über ein mit Heidekraut bewachsenes Gelände, auf dem früher ein

Zinnbergwerk gewesen war. Die hohen Schornsteine und verfallenen Backsteingebäude des verlassenen Bergwerks wirkten trostlos unter dem grauen Himmel. Beim Näherkommen hörte man den Wind durch die Tür- und Fensteröffnungen heulen und pfeifen. Der Wind hatte einen feinen Nieselregen mitgebracht und Joel ließ Jester anhalten und blickte nach Südwesten.

»Ich fürchte, der Wind wird noch stärker werden«, sagte er. »Besser, wir bleiben nicht zu lange weg, sonst werden wir noch nass bis auf die Knochen.«

»Ich muss sowieso langsam nach Hause«, sagte Marga mit einem Blick auf ihre Uhr. »Ich brauche sicher eine gute halbe Stunde und es ist schon fast drei Uhr.«

»Okay. Wie wär's mit einem anständigen Galopp zum Abschied?« Joel deutete auf einen ziemlich geraden Weg, der von den Maschinenhäusern wegführte. »Der Weg da führt zur Place Farm und von dort aus kommt man leicht wieder auf die Straße zurück.« Er fasste die Zügel kürzer und Jester begann aufgeregt zu tänzeln. »Auf die Plätze, fertig, los!«

Mit einem Satz schoss Jester davon und keine Sekunde später nahmen Marga und Lossie die Verfolgung auf. Lilly hielt sich zurück. Jester und Lossie waren beide größer und schneller als Moonlight. Sie würde sie ohnehin nicht mehr einholen, auch wenn sie es versuchte. Sie blickte den beiden davongaloppierenden Reitern nach. Marga war zweifellos eine gute Reiterin und konnte es durchaus mit Joel aufnehmen. Inzwischen hatte sie ihn schon fast eingeholt, und obwohl der Wind heulte und die Hufe der Pferde auf den Boden trommelten, konnte Lilly die beiden lachen hören.

»Ach, Moonlight.« Sie streckte die Hand aus und tätschelte den Hals des weißen Pferdes. »Ich bin dumm, nicht wahr? Warum sollten sich Joel und Marga auch nicht gut verstehen? Ich fühle mich nur ...« Doch weil sie gar nicht recht wusste, wie sie sich fühlte, führte sie den Satz nicht zu Ende und seufzte nur.

Moonlight drehte den Kopf, sah sie an und schnaubte. Dann schaute er wieder nach vorn und zog sachte an den Zügeln.

»Du willst ihnen hinterher? Na schön. Es bleibt uns wohl nichts anderes übrig. Also gut, dann los! Aber nicht zu schnell, okay? Mir ist nicht nach einem Wettrennen!«

Moonlight schnaubte und stieß dann ein leises Wiehern aus, als wollte er ihr sagen, dass er verstanden hatte. Lilly fasste die Zügel kürzer und legte die Fersen an die Flanken des Pferdes. In langsamem Galopp ritt sie Joel und Marga nach.

Als Lilly und Joel wenig später zu zweit zum Reitstall zurückritten, schwärmte Joel in den höchsten Tönen von Lossie. »Ein tolles Pferd!«, sagte er begeistert. »Ich meine, Jester ist auch schnell und alles, aber dieser Lossie ... Er hat mich mühelos eingeholt! Klar, wenn jemand so gut reitet wie Marga!«

»Du meinst, sie reitet besser als du?« Gegen ihren Willen klang Lilly schon wieder etwas eingeschnappt.

»Das hab ich nicht gesagt. Aber sie ist wirklich sehr gut. Und auch nett. Ich glaube, wenn sie mit von der Partie ist, wird unser Reiterfest ein echter Erfolg werden!«

Lilly blinzelte und starrte zwischen Moonlights Ohren hinweg auf den Weg. Es begann bereits zu dämmern, und als der Reitstall in Sicht kam, sagte sie: »Macht es dir etwas aus, wenn ich gleich nach Hause gehe? Nan fragt sich sicher schon, wo ich so lange stecke.«

»Was?« Joel war mit seinen Gedanken offenbar ganz woanders gewesen. »Oh – ah, ja, klar, kein Problem.« Fragend schaute er sie an. »Alles in Ordnung mit dir?«

»Natürlich. Ich will nur nicht, dass Nan sich Sorgen macht.«

»Wie du willst. Dann reiten wir gleich zu euch und ich führe Moonlight von dort aus nach Hause.«

Als die Pferde den Weg entlangtrabten, wurde nicht mehr viel gesprochen. Hinter den Fenstern von Chapel Cottage brannte bereits Licht. Vor der Gartentür ließ sich Lilly von Moonlights Rücken gleiten und reichte Joel die Zügel.

»Kommst du morgen wieder?«, fragte er.

»Gern. Wenn du willst.«

»Natürlich will ich! Dann können wir noch mehr Pläne für das Reiterfest schmieden. Marga hat gesagt, dass sie vielleicht auch wieder vorbeikommt. Sie ruft mich vorher aber noch an, von einer Telefonzelle aus.«

»Oh«, sagte Lilly und dachte: Aha, du hast ihr also deine Nummer gegeben!

»Tschüss dann«, verabschiedete sich Joel. »Bis morgen.«

»Ja, tschüss.«

Sie blieb nicht stehen, um Joel und die beiden Ponys in der zunehmenden Dunkelheit verschwinden zu sehen, sondern eilte gleich ins Haus. Nan war in der Küche und blickte lächelnd auf. »Hallo, mein Schatz. Hattest du einen schönen Tag?«

Lilly hätte ihrer Großmutter zu gern erzählt, dass und warum es kein schöner Tag gewesen war. Doch etwas hielt sie davon ab. Gab es überhaupt einen Grund für ihre Eifersucht? Joel hatte alles Recht der Welt, Marga nett zu finden und sich mit ihr anzufreunden, wenn er es wollte. Wenn Lilly deshalb sauer wäre, würde sie eventuell die Freundschaft von beiden verlieren und es wäre allein ihre Schuld! Sie benahm sich albern und das musste sie sofort abstellen.

Sie erwiderte Nans Lächeln und sagte, wobei sie sich bemühte, es selbst zu glauben: »Ja, ganz schön, danke.«

»Fein.« Nan blickte sie prüfend an und ein Funkeln lag in ihren Augen, als hätte sie gespürt, was Lilly durch den Kopf gegangen war. Doch sie sagte nichts weiter und Lilly drehte sich um und ging die Treppe hinauf, um vor dem Abendessen noch kurz zu duschen.

5. Kapitel

»Und nun die Wettervorhersage für die Schifffahrt, herausgegeben vom Wetterdienst, am vierundzwanzigsten Dezember um sieben Uhr fünfzehn. Es gibt Sturmwarnungen für den Golf von Biscaya, für Fitzroy, Sole, Lundy, Fastnet ...«

Lilly saß am Küchentisch und aß ihr Müsli, als sie die Worte des Radioansagers hörte. Sie blickte auf und schaute hinaus in den windzerzausten Garten. »Nan, das betrifft auch unsere Gegend, nicht wahr?«

»Ja«, antwortete ihre Großmutter. »Aber Sturmwarnungen sind nichts Ungewöhnliches für diese Jahreszeit.«

»Ich weiß, aber trotzdem ...« Lilly machte eine kurze Pause. »Ich habe so ein komisches Gefühl. Als ob ich innerlich ganz aufgewühlt wäre.« Ein plötzlicher Windstoß ließ die Hintertür beben. »Vorhin habe ich das Meer gehört, von meinem Zimmer aus. Es klang so wild.«

»Hmm ...« Nan sah nachdenklich aus. »Warum versuchst du nicht, an etwas anderes zu denken?« Sie lächelte. »Heute ist Heiligabend und wir müssen für morgen noch einiges erledigen. Hilfst du mir nachher, den Baum zu schmücken? Und außerdem muss ich noch ein paar Sachen einpacken, die du nicht sehen darfst.«

Lilly lächelte zurück und fühlte sich gleich etwas entspannter. »Ich auch.« Sie kratzte den letzten Löffel ihres Müslis zusammen. »Ich kann es kaum glauben, dass die erste Ferienwoche schon vorbei ist. Weihnachten ist viel zu schnell gekommen.«

»Dann warte mal ab, wie es ist, wenn du erst in meinem Alter bist!«, sagte Nan schmunzelnd. »Dann verfliegen die Tage nur so! Bist du fertig mit frühstücken? Gut, dann komm mit! Wir holen den Karton mit dem Weihnachtsbaumschmuck.«

Im Laufe des Vormittags und im Eifer der Vorbereitungen konnte Lilly ihre Unruhe fast vergessen. Anfang der Woche waren Nan und sie einen Tag in Truro zum Einkaufen gewesen und außer den Lebensmitteln für die Feiertage hatten sie auch eine zwei Meter hohe Tanne gekauft, die sie auf dem Dachgepäckträger von Nans kleinem Wagen verschnürt nach Hause transportiert hatten. Der Baum stand inzwischen in einer Ecke des Wohnzimmers und sah auch ungeschmückt wunderschön aus. Mit seinem herrlichen Tannenduft füllte er den ganzen Raum.

Nan legte die Lichterketten um den Baum und Lilly hängte Lametta auf, während Baggins eifrig versuchte, die glitzernden Kugeln zu erhaschen. Der Wind, der um das Haus heulte, war inzwischen heftiger geworden. Lilly musste wieder an die morgendliche Sturmwarnung im Radio denken und versuchte, die lauter werdenden Windgeräusche zu ignorieren. Sie waren noch mitten beim Schmücken des Baums, als der Wind mit einer solchen Kraft durch das Tal brauste, dass sich die Bäume im Garten unter seiner Wucht bogen und die Dachziegel klapperten. Nervös blickte Lilly zum Fenster hinaus und bemerkte, dass der heftige Regen die ganze Welt da draußen in ein bedrohlich wirkendes Grau getaucht hatte.

Grau ... Lilly fröstelte, als würde ihr jemand einen Eiswürfel ins Genick drücken. Sie merkte, dass Nan sie prüfend musterte. Nan sagte nichts und schaltete das Radio ein. Ein Weihnachtslied erklang. Die sanfte Melodie übertönte zwar das Heulen des Sturms vor dem Fenster, dennoch merkte Lilly, wie sie mit jeder Minute noch angespannter wurde. Selbst Baggins wirkte merkwürdig unruhig. Er hatte es irgendwann aufgegeben, an den Weihnachtsbaumschmuck zu gelangen, und war in sein Körbchen neben dem Kamin gegangen, wo er sich zusammenrollte und den Schwanz über die Augen legte. Doch seine Schwanzspitze zuckte ständig.

Plötzlich flackerten alle Lichter und das Radio verstummte für einen kurzen Moment.

»Oh, oh«, sagte Nan. »Ich fürchte, der nächste Stromausfall steht uns bevor. Lilly, hol schon mal die Kerzen aus der Kommode. Nur für ...«

Sie hatte vermutlich sagen wollen »Nur für alle Fälle«, doch plötzlich war das Haus in eine gleißende Helligkeit getaucht. Lilly stieß einen leisen Schrei aus und Baggins schoss aus seinem Körbchen und versteckte sich hinter dem Sofa. Sekunden später hörten sie einen Donnerschlag, der so laut war, dass er Lillys zweiten Schrei völlig übertönte.

»Oh, Nan!«, rief Lilly, als das Donnergrollen in der Ferne verebbte.

»Schon gut, Lilly, schon gut.« Nan kam zu ihr und legte ihr einen Arm um die Schultern. »Fürchtest du dich etwa vor Gewitter?«

»Nein, eigentlich nicht. Aber hier ...« Lilly war den Tränen nahe.

»Ich weiß, in der Stadt kommen einem Gewitter nicht so schlimm vor, nicht wahr? Aber ich denke, es entlädt sich draußen über dem Meer. Vermutlich zieht es gar nicht ans Land.«

Lilly hätte ihr zu gern geglaubt. Aber dieses Gewitter kam ihr nicht geheuer vor. Es war kein normales Gewitter ...

Sie sagte: »Ein Gewitter im Dezember ist doch eher ungewöhnlich, oder?«

»Na ja, schon, das gebe ich zu.« Nan zwang sich zu einem Lächeln. »Aber mach dir keine Sorgen. Dieses Haus steht seit dreihundert Jahren und ich glaube nicht, dass es jetzt wegen ein bisschen Wind und Regen umfallen wird.«

»Das hab ich auch nicht gemeint«, flüsterte Lilly.

Nan machte ein ernstes Gesicht. »Ich weiß«, sagte sie nüchtern. »Ich weiß, was du meinst. Aber das darfst du nicht denken, Lilly. Weißt du was? Wir ziehen jetzt die Vorhänge zu und stellen das Radio auf volle Lautstärke, okay? Dann kommt uns der Sturm nicht mehr so bedrohlich vor.«

Es blitzte und donnerte nicht mehr, aber trotzdem – und entgegen Nans ausdrücklichem Rat – konnte Lilly sich nicht mehr auf das Schmücken des Weihnachtsbaums konzentrieren. Und als sie damit fertig waren, konnte sie sich auch nicht über den wunderschönen Anblick freuen. Während Nan den leeren Karton wegräumte, saß Lilly auf dem Sofa, starrte auf den Fußboden und fühlte sich schrecklich unbehaglich. Die Weihnachtslieder im Radio waren verstummt und gleich würden die Zwölf-Uhr-Nachrichten anfangen. Nan hatte den regionalen Sender eingestellt, und als der Nachrichtensprecher das Wort ergriff, bekam Lilly plötzlich eine Gänsehaut.

»... Die schlechten Wetterbedingungen könnten in verschiedenen Städten und Dörfern im Westen von Cornwall zu Chaos führen. Orkanartige Böen haben bereits am heutigen Vormittag dazu geführt, dass mehrere Ortschaften durch schwere Gewitterstürme in Verbindung mit Platzregen von der Umwelt abgeschnitten wurden. Die Wetterwarte beschreibt diese Kombination als ›höchst ungewöhnlich‹ und gab für alle betroffenen Regionen Cornwalls Überschwemmungswarnungen heraus. Die Küstenwache von Falmouth hat zudem davor gewarnt, dass die einlaufende Flut am Nachmittag die Straßen unpassierbar macht. Die Bewohner werden dringend gebeten, sich von den Küsten, Stränden und Häfen fern zu halten. Mehr dazu nun von unserem Reporter Mark Teague ...«

In diesem Moment trat Nan wieder ins Zimmer und für ein oder zwei Minuten lauschten sie gemeinsam den Worten des Reporters. Dann erst fiel Nan auf, was für ein bedrücktes Gesicht Lilly machte, und sie sagte leise: »Es ist nur ein Zufall, Lilly. Nichts weiter.«

»Nein«, stammelte Lilly. »Es ist das Graue Pferd. Das

spüre ich. Es ist zurückgekehrt, genau, wie es in der Prophezeiung steht. Du weißt ja, wie sie lautet: ›*Tauche ich auf aus der wogenden See, und verwandle eure Welt in ein stürmisches Grau.*‹«

»Lilly, hör mir mal zu!« Nan kam zum Sofa, bückte sich und griff nach Lillys Händen. »Du musst aufhören zu glauben, dass das Graue Pferd an dem Unwetter schuld ist. Denn wenn du das glaubst, bekommt es die Oberhand und das gibt ihm noch mehr Macht. Verstehst du, was ich meine?«

Lilly nickte beklommen. »Oh, Nan, wenn ich das fehlende Stück der Figur doch nur finden könnte!« Sie zog ihre Hände zurück und sprang auf. »Wenn ich jetzt zum Strand gehe ...«

»Das schlag dir aus dem Kopf!« Nan hielt sie wieder an den Händen. »Du glaubst doch nicht im Ernst, dass ich dich bei diesem Wetter zum Strand gehen lasse!«

»Aber ...«

»*Nein,* Lilly!« Nan holte tief Luft, um sich wieder zu beruhigen. »Bei Hochwasser und diesem Sturm an den Strand zu gehen, wäre viel zu gefährlich! Darauf hat es das Graue Pferd doch nur angelegt! Aber es gibt andere Mittel und Wege, es zu bekämpfen. Bessere! Vertrau mir, Lilly! Ich weiß es.«

Im Schein der Lampe sahen Nans Augen blauer aus als sonst und plötzlich musste Lilly an ihren ersten Tag im Chapel Cottage denken, an diese starke Anziehungskraft, die sie dazu getrieben hatte, die Tonfigur des Grauen Pferdes anzufassen, die ihr daraufhin unerklärlicherweise aus den Händen fiel. Im Moment verspürte sie dasselbe Gefühl. Sie war nahe daran, eine Dummheit zu begehen. Es war, als wenn eine fremde Macht von außen auf sie einwirkte und sie zu etwas Bestimmtem verleiten wollte ...

Das unbändige Verlangen, umgehend an den Strand gehen zu müssen, koste es, was es wolle, verschwand und Lilly schluckte. »Du hast Recht, Nan.«

»Gut, dass du es einsiehst.« Nans Augen suchten ihr Gesicht ab, dann schien sie beruhigt zu sein. »Das Gefühl ist weg, nicht wahr? Schön.« Sie erhob sich. »Komm, Lilly. Kümmern wir uns wieder um unseren Weihnachtsbaum und denken an die Feiertage!«

Lilly und ihre Großmutter taten ihr Möglichstes, um das Graue Pferd aus ihren Gedanken zu verbannen. Aber einfach war es nicht. Denn der Sturm ließ nicht nach, er wurde sogar noch wilder und führte immer wieder zu kurzen Stromausfällen und rüttelte am Chapel Cottage, als wollte er es auseinander reißen. Am Nachmittag kam im Radio die Meldung, dass ein Frachter vor Land's End in Seenot geraten war, und wenig später kam eine zweite Meldung, dass die Küstenwache den Funkkontakt mit einem Fischerboot aus Newlyn verloren hatte und sich große Sorgen um die Besatzung machte.

Lilly und Nan waren in der Küche und backten Plätzchen, als diese Nachricht kam. Nans Gesicht wurde sehr ernst und nach kurzem Nachdenken sagte sie: »Weißt du was, Lilly? Ich bin keine große Kirchgängerin, aber vielleicht wäre es ganz gut, heute in die Mitternachtsmette zu gehen.«

Lilly nickte und musste schlucken. »Ich weiß, dass ich um diese Zeit schon im Bett sein müsste«, sagte sie zögernd. »Aber ... darf ich trotzdem mitkommen?«

Nan lächelte erleichtert. »Ich hätte nicht im Traum daran gedacht, ohne dich zu gehen«, sagte sie.

So kam es, dass sie um halb zwölf in der Nacht in ihre dicken Wintermäntel schlüpften und sich durch den strömenden Regen zu Nans Auto durchkämpften. Im Cottage war bereits alles für den morgigen Tag vorbereitet. Nan ließ das Licht im Hausflur brennen, als eine Art Leuchtfeuer, das sie bei ihrer Heimkehr begrüßen sollte.

Es war eine pechschwarze Nacht, und obwohl die Scheibenwischer emsig hin- und herflitzten, konnte man die Straße nur verschwommen sehen. Nan fuhr sehr langsam und vorsichtig. Es war nur etwa eine Meile bis ins Dorf, doch Lilly kam es so vor, als würde die Fahrt ewig dauern. Trotzdem war sie froh, dass sie in den Gottesdienst gingen. Das gab ihr bestimmt Trost und würde sie etwas beruhigen.

Sie starrte durch die Windschutzscheibe und versuchte angestrengt, die Straße vor ihnen zu sehen, als sie plötzlich ohne ersichtlichen Grund an ihren Albtraum von neulich denken musste. Das Heulen des Sturms, das schäumende Meer, die Riesenwelle, die sie zu verschlingen drohte ... Einen Augenblick lang glaubte sie sogar, galoppierende Hufe zu hören. Und plötzlich zuckte ein blauer Blitz durch ihre Erinnerungen, begleitet von einer lautlosen, warnenden Stimme ...

»Nan, pass auf!« Es war, als hätte eine fremde Macht Lilly diesen Satz rufen lassen, ohne dass sie gewusst hätte, warum. Nan trat aufs Bremspedal; ein Knacken war zu hören und dann plötzlich sahen sie etwas Riesiges, Dunkles, dunkler als die Nacht, umstürzen und direkt vor ihnen quer über die Straße fallen.

Das Auto kam schlingernd zum Stehen, ungefähr fünf Meter vor dem umgestürzten Baum.

»O mein Gott!« Mit weit aufgerissenen Augen starrte Nan durch die Windschutzscheibe. »Lilly, wenn du nicht gerufen hättest ...!«

Lillys Herz klopfte zum Zerspringen und ihr wurde übel. Sie wusste, was ihrer Großmutter durch den Kopf ging: Wäre die Warnung nur einen Augenblick später gekommen, hätte sich das Auto genau unterhalb des umstürzenden Baums befunden. Merkwürdig, Lilly hatte es nicht vorhergesehen. Sie hatte es nicht gewusst. Aber etwas hatte sie veranlasst, Nan zu warnen.

Langsam drehte sie den Kopf und schaute Nan an. »Das Blaue Pferd hat mich gewarnt«, flüsterte sie. »Es hat uns das Leben gerettet.«

Nan gab keine Antwort. Sie starrte noch immer auf den umgestürzten Baum, der ihnen die Fahrbahn versperrte. Die aufragenden, kahlen Äste sahen wie Krallenhände aus. Nan legte den Rückwärtsgang ein und fuhr langsam zurück. Ein Stück weiter hinten war ein Feldweg, auf dem sie wenden konnte. Sie fuhr aber nicht gleich los. »Lilly, hast du dein Handy dabei?«, fragte sie.

»J-ja.« Lillys Stimme klang zittrig.

»Dann ruf bitte die Polizei an und sag ihnen, was passiert ist. Ich glaube zwar nicht, dass um diese Zeit noch ein anderes Auto diese Strecke fährt, aber sicher ist sicher.«

Lilly nickte, froh darüber, dass sie etwas tun konnte, und wählte den Notruf. Der Polizist am anderen Ende versicherte ihr, dass sie gleich jemanden losschicken würden. Nachdem

Lilly aufgelegt hatte, sagte Nan: »Tja, heute Nacht noch ins Dorf zu kommen, können wir wohl vergessen. Wir fahren besser wieder nach Hause.«

Auf der Heimfahrt fiel kein Wort. Doch als sie um die letzte Kurve fuhren und damit rechneten, gleich die erleuchteten Fenster vom Chapel Cottage zu sehen, sagte Lilly: »Nan, das Licht ist aus.«

»Sicher wieder ein Stromausfall.« Nan legte den ersten Gang ein und sie fuhren holpernd über den unebenen Weg. »Ich vermute, das ergeht heute noch mehr Leuten so.«

Nan parkte das Auto so nah wie möglich an der Haustür, sie sprangen heraus und eilten im Schein einer Taschenlampe zum Haus. Baggins kam ihnen miauend entgegen und strich um ihre Beine, als wäre er froh, dass sie wieder sicher nach Hause gekommen waren. Nan zündete eine Menge Kerzen an und machte dann einen Topf Milch warm.

»Eine heiße Schokolade, dann ist Bettzeit«, sagte sie betont heiter. »Morgen sieht die Welt wieder freundlicher aus.«

Aus dem Wohnzimmer kam ein leises Surren und die Uhr auf dem Kaminsims begann zu schlagen.

»Mitternacht!«, sagte Lilly. »Jetzt ist Weihnachten!«

»Stimmt.« Sie lauschten, bis der zwölfte Schlag verklungen war und wieder nur das Heulen des Windes zu hören war.

»Frohe Weihnachten, mein Schatz«, sagte Nan.

»Danke«, sagte Lilly. »Das wünsche ich dir auch, Nan.«

6. Kapitel

Bis zum Morgen hatte sich der Sturm tatsächlich gelegt. Noch waren Wind und Regen nicht ganz vorbei, doch als Lilly und Nan sich an den Frühstückstisch setzten, brach gerade die Sonne durch.

Es wurde das merkwürdigste Weihnachtsfest, das Lilly je erlebt hatte. Kurz nach dem Frühstück wurde es schon wieder richtig stürmisch und Strom gab es immer noch nicht. Auch das Telefon ging nicht. Nan sagte, wenn die Leitungen beschädigt waren, würde es eine gewisse Zeit dauern, bis sie wieder repariert waren.

Nan tat, was sie konnte, um eine gemütliche, weihnachtliche Atmosphäre zu zaubern. Das Haus war mit Kerzen und Öllampen beleuchtet, im Wohnzimmerkamin brannte ein warmes Feuer. Doch trotz ihrer Bemühungen kam man sich in Chapel Cottage wie von der Welt abgeschnitten vor. Selbst der prächtig geschmückte Weihnachtsbaum wirkte eher bedrohlich als festlich, weil die elektrischen Kerzen an den dunklen Zweigen nicht brannten. Lilly erinnerte sich an den Baum, der am Vorabend vor Nans Auto auf die Straße gestürzt war, und bei der Erinnerung an diesen Schreck zog sich ihre Brust zusammen.

Zum Glück hielt dieser Tag aber auch ein paar schöne Momente bereit. Gleich nach dem Frühstück widmeten sie sich den vielen Päckchen, die unter dem Baum lagen. Lillys Eltern hatten heimlich ein Paket mit Geschenken für Lilly an Nan geschickt. Darin waren ein Paar Eskimo-Mokassins, ein Buch über Pony-Trekking in den Rocky Mountains und eine Armbanduhr, auf der man die Uhrzeiten an unterschiedlichen Orten der Welt ablesen konnte. Ein langer Brief lag auch dabei und Lilly musste lachen, bis ihr die Tränen kamen, als sie Dads urkomische Schilderung seines und Mums »Kanada-Abenteuers« las, wie er es nannte. Von Nan bekam Lilly eine wunderschöne Holzschatulle geschenkt, die ein komplettes Profiset an Farbtuben und Pinseln enthielt. Lilly war begeistert – doch noch schöner fand sie ihr zweites Geschenk von Nan: eine Halskette mit Türkisen.

»Blau«, sagte sie andächtig. »Oh, vielen Dank, Nan. Die Kette ist wunderschön, ganz herzlichen Dank!«

Nan schien etwas verlegen. »Ich weiß, dass sie dein Armkettchen nicht ersetzen kann, aber ... vielleicht gibt sie dir etwas Kraft.« Sie lächelte. »Aber jetzt sollte ich endlich meine Geschenke auspacken, nicht wahr?«

Lilly hatte für ihre Großmutter eine große Schachtel Trüffelpralinen gekauft, eine Jazz-CD (Nan liebte Jazz) und eine exotische indische Stola mit seidigen Fransen. Nan freute sich sehr darüber. »Ich werde sie zu jeder Party tragen, zu der ich gehe!«, erklärte sie. »Aber zum Kochen lege ich sie besser wieder ab. Apropos – wir sollten langsam ans Mittagessen denken. Hast du Lust, mir zu helfen und die Kartoffeln zu schälen?«

Da sie nur zu zweit waren, hatte Nan den kleinsten Truthahn gekauft, den sie finden konnte. Dieser war schnell im Backofen und Baggins saß davor und schnüffelte schon voller Vorfreude. Nan schaltete das batteriebetriebene kleine Radio ein, um die Nachrichten zu hören.

Diese waren alles andere als erfreulich. Das vermisste Fischerboot blieb weiterhin verschollen und die beiden Rettungsboote, die den Frachter in Seenot erreichen wollten, mussten wegen des hohen Wellengangs unverrichteter Dinge wieder umkehren.

»In Culdrose stehen Rettungshubschrauber der Königlichen Marine bereit und warten auf ihren Einsatz«, verkündete der Ansager mit düsterer Stimme. »Sie können mit der Suche aber erst beginnen, wenn sich die Wetterbedingungen etwas gebessert haben. Sobald wir neue Nachrichten haben, werden wir Sie natürlich umgehend informieren.«

Nan schaltete das Radio wieder aus und sagte traurig und sehr ernst: »Die armen Menschen ...«

Lilly wusste nicht, ob sie nur die Seeleute und Fischer oder auch deren Familien und Freunde meinte, die sicher voller Angst auf sie warteten. Das dumpfe Gefühl in ihrer Magengegend meldete sich zurück und wieder musste sie voller Unbehagen an den warnenden alten Vers in der Familienbibel denken.

Konnte es wirklich sein, dass das Graue Pferd daran schuld war? Traf die Warnung zu und war die alte Legende tatsächlich wieder zum Leben erwacht? Dieser Gedanke war fast zu schrecklich, um ihn zu Ende zu denken, doch er setzte sich im Laufe des Tages immer quälender in Lillys Kopf fest. Obwohl das Weihnachtsessen sehr lecker war, hatte sie keinen rechten Appetit, aß aber tüchtig, um Nan eine Freude zu machen. Nach dem Mittagessen, als sich ihre Unruhe und ihr Unbehagen einfach nicht legen wollten, rief sie Joel von ihrem Handy aus an. Das Festnetztelefon der Richards war ebenfalls außer Funktion, wie Joel ihr erklärte, und Strom hatten sie auch nicht. Die Wiesen und Wege waren nach dem Regenschauer ein einziges Schlammfeld und Mrs Richards musste die für den zweiten Weihnachtsfeiertag geplante Party notgedrungen absagen. Der Reitstall würde erst dann wieder erreichbar sein, wenn der Boden etwas trockener war.

Lilly war fast erleichtert, als sie das hörte, denn eigentlich war ihr nicht nach Feiern zumute. Das Einzige, was sie gereizt hätte, wäre die Stallarbeit gewesen; das hätte sie wenigstens von ihren düsteren Gedanken abgelenkt. Und außerdem hätte sie Moonlight gern gesehen. Doch daran war bei diesem Wetter gar nicht zu denken.

Am Nachmittag machten sie und Nan ein paar Spiele. Doch nichts konnte Lilly so richtig aufheitern, bis ihre Eltern aus Kanada sie auf dem Handy anriefen. Es war nur ein kurzer Anruf, weil er ja sehr teuer war, aber Lilly freute sich riesig und konnte sogar ein paar Witze über das Wetter machen. Als sie ihren Eltern zum Abschied noch ein schönes Fest wünschte, hatte sie das Gefühl, als wäre ihr eine Riesenlast von den Schultern genommen. Und als sie danach vom Wohnzimmerfenster aus auf die einsetzende Dämmerung schaute, sah sie, dass der Sturm endlich etwas nachgelassen hatte.

»Morgen wird er sich ganz gelegt haben«, versicherte ihr Nan. »Dann geht das Leben wieder seinen gewohnten Gang.«

Noch ehe Lilly etwas darauf erwidern konnte, läutete ihr Handy erneut. Gespannt sagte sie: »Hallo?«

»Lilly? Hallo, ich bin's, Marga!«

Lilly fiel aus allen Wolken. »Oh, hallo! Hast du nicht gesagt, dass ihr noch kein Telefon habt?«

»Haben wir auch nicht. Aber ich habe zu Weihnachten ein Handy bekommen, stell dir vor! Ist das nicht super? Ich habe gerade Joel angerufen und er hat mir deine Nummer gegeben. Erzähl, wie geht's? Hattest du einen schönen Tag?«

Lilly lachte spöttisch. »Na ja, wir haben seit gestern Abend keinen Strom, das Festnetztelefon funktioniert nicht und ...«

»Ja, hat Joel mir schon erzählt. Und dieser Wind! Und der Regen letzte Nacht ... Hattest du keine Angst, dass ihr da unten im Tal weggeschwemmt werden könntet? Es muss ganz schön schaurig für euch gewesen sein!«

»Na ja, ein bisschen.« Aus irgendeinem Grund wollte Lilly Marga nicht die ganze Wahrheit sagen.

»Warst du am Strand und hast dir die Wellen angeschaut?«, wollte Marga wissen.

»Nein. Nan hat gesagt, das sei zu gefährlich.«

»Schade. Ich stelle es mir total cool vor, wenn das Meer so richtig wild ist. Wir wohnen leider etwas landeinwärts, sodass ich es von zu Hause aus nicht sehen kann. Aber manchmal höre ich es in der Ferne rauschen. Hör mal, weshalb ich anrufe: Ich habe mir überlegt, dass wir uns morgen Nachmittag am Reitstall treffen könnten. Oder hast du schon was anderes vor?«

Lilly hatte den Eindruck, als hoffe Marga, dass sie schon etwas anderes vorhätte, und war einen Moment lang irritiert. Doch dann sagte sie: »Nein, das wäre schön«, und fügte absichtlich noch hinzu: »Ich wollte morgen sowieso zu Joel gehen. Aber nur, falls der Boden bis dahin nicht mehr so matschig ist.«

»Ach, das ist bis morgen sicher wieder okay«, sagte Marga zuversichtlich. »Das Wetter bleibt nicht lange so schlecht, zumindest diesmal nicht.«

»Wie meinst du das ... diesmal nicht?«

Marga lachte. »Na ja, in Cornwall kann man nie wissen, oder? Stürme können eine Woche dauern. Oder noch länger. Also okay, wir sehen uns dann morgen im Reitstall. Ah – beinahe hätte ich es vergessen: Frohe Weihnachten!«

Marga legte auf, bevor Lilly auffiel, dass sie Marga nicht nach ihrer Handynummer gefragt hatte. Sie wollte auf dem Display nachsehen und sie dann speichern, doch dabei kam sie versehentlich auf eine falsche Taste und die Nummer war gelöscht. Na ja, halb so wild. Joel würde Margas Nummer sicher wissen. Lilly hätte wetten können, dass Marga ihm ihre Nummer gegeben hatte!

Sie seufzte und Nan schaute sie fragend an. »Was ist denn, Lilly?«

Lilly zögerte, schüttelte dann aber den Kopf. »Nichts, Nan. Alles in Ordnung. Wirklich.«

Nan und Marga sollten Recht behalten, denn am nächsten Morgen war der Sturm vorbei. Die Welt vor dem Fenster war fast gespenstisch ruhig. Doch das Heulen des Windes hallte noch in Lillys Kopf nach. Immer wieder ertappte sie sich dabei, dass sie den Kopf schüttelte, um das Geräusch loszuwerden. Gegen Mittag hatten sie endlich wieder Strom und bis zum Nachmittag war der Weg so weit getrocknet, dass Lilly und Nan einen kleinen Spaziergang zum Strand machen konnten. Sie blieben aber in sicherer Entfernung zum Meer auf dem Parkplatz stehen und betrachteten von dort aus die riesigen, schäumenden Wellen, die von der tosenden Flut ans Ufer geworfen wurden.

In der folgenden Nacht schlief Lilly sehr gut und am nächsten Morgen rief Joel an und sagte, dass der Weg zu ihm hinauf zwar noch etwas matschig sei, dass man aber durchkommen müsste.

Lilly war froh, dass sie wieder zum Reitstall gehen konnte. Barney begrüßte sie schwanzwedelnd und auch Moonlight war sichtlich erfreut. Er drückte sein Maul in ihr Gesicht und schürzte die Lippen.

Nach einer Weile kam Marga auf Lossie angeritten und sie schlenderten zu dritt über die trockensten Stellen der Koppeln und schmiedeten weitere Pläne für ihr Reiterfest. Zwei der Koppeln würden sie brauchen. Auf der kleineren sollte das Springen stattfinden, auf der größeren Veranstaltungen wie Slalomrennen, Tempospiele und – als Höhepunkt des Tages – die Musikparade.

Obwohl sie es Joel oder Marga gegenüber niemals zugegeben hätte, bereute Lilly ihre Zusage, an der Musikparade teilzunehmen. Sie hatte noch nicht genügend Erfahrung im Reiten, um sich schon Kunststücke zuzutrauen. Und sie fände es schrecklich, wenn sie einen Fehler machen und den ganzen

Auftritt verderben würde. Da es bis zu dem großen Tag nur noch zwei Wochen waren, hätte sie am liebsten auf der Stelle mit dem Training angefangen. Doch auf ihren Vorschlag hin schüttelte Joel den Kopf. »Heute geht es nicht«, erklärte er. »Dad hat eine Menge Plakate ausgedruckt und die sollen wir heute Nachmittag im Dorf aushängen.«

Sie gönnten sich nur kurz einen kleinen Sandwich-Imbiss, ehe sie auch Moonlight und Jester sattelten und dann zu dritt ins Dorf ritten. Der umgestürzte Baum war weggeräumt worden. Lilly entdeckte nur noch ein paar abgebrochene Zweige am Straßenrand.

Im Dorf brachten sie zwei Stunden damit zu, die Plakate an alle möglichen Telegrafenmasten, Litfaßsäulen und was immer ihnen sonst noch passend erschien zu kleben.

»So, jetzt müssten es alle mitkriegen«, sagte Marga, die Jester am Zügel hielt, während Joel das letzte Plakat aufhängte.

Joel grinste, als er wieder aufstieg. »So etwas spricht sich schnell herum. Die meisten unserer Stammgäste kommen sowieso und Mum hat erfahren, dass vier Leute ihre eigenen Ponys mitbringen wollen. Ich glaube, das Ganze wird ein Bombenerfolg!«

Marga fasste die Zügel kürzer und Lossie warf den Kopf zurück, als sie ihn wenden ließ. »Ich mache mich jetzt besser auf den Heimweg, bevor es dunkel wird«, sagte sie. »Was ist? Sollen wir uns morgen früh wieder treffen?« Sie lächelte Lilly an. »Dann können wir schon mal mit dem Training für die Musikparade anfangen und sehen, ob Lilly der Sache gewachsen ist.«

Diese Bemerkung kränkte Lilly. Sie hatte das Gefühl, dass

Marga ihr absichtlich eins auswischen wollte, und rechnete fest damit, dass Joel sie in Schutz nehmen würde. Aber Joel schien es gar nicht gehört zu haben. Er sagte nur: »Gut, okay. Je früher, desto besser. Seid ihr mit neun Uhr einverstanden?«

»Klar«, antwortete Marga und Lilly sagte »Ja«, aber es klang recht kühl. Sie beschloss, schon um halb neun am Reitstall zu sein, weil sie vermutete, dass Marga sicher etwas früher auftauchen würde.

»Super«, sagte Joel. Er schien nicht mitbekommen zu haben, dass etwas in der Luft lag. »Tschüss, Marga, dann bis morgen! Komm, Lilly – wir machen uns auch besser auf den Heimweg. Sonst macht meine Mutter sich noch Sorgen!«

7. Kapitel

»Drück dich an den Hals deines Pferdes ... genau, so! Und jetzt greif nach unten, bis du deine Fußspitzen berühren kannst ... Treib Sally-Ann stärker an, Lisa! Und bei drei strecken alle die Hände nach oben. Eins ... zwei ... drei! Sehr gut! Und – weitertraben!«

Lilly griff wieder nach den Zügeln, als Moonlight zu seinem leichten, federnden Trab ansetzte, und folgte den Reitern vor ihr. Mrs Richards stand außerhalb des Kreises und beobachtete sie mit Kennerblick. Als Lilly an ihr vorbeikam, sagte sie lobend: »Wunderbar, Lilly! Du kannst gut mit den anderen mithalten!«

Joel, der auf Jester vor ihr ritt, drehte den Kopf und zwinkerte ihr zu. Lilly war mächtig stolz. Bis vor einer Woche hatte sie noch befürchtet, dass sie die ganze Musikparade ruinieren würde. Doch Mrs Richards Aufmunterung und ihr großes Lob hatten Wunder bewirkt – ebenso wie die Tatsache, dass Marga nicht teilnehmen würde. Um wirklich gut zu sein, mussten sie jeden Tag üben. Und Margas Mutter erlaubte ihr nicht, so häufig zu kommen. Deshalb hatte Marga widerwillig absagen müssen. Sie würde aber trotzdem an dem Reiterfest teilnehmen, sich jedoch auf die Programmpunkte konzentrieren, für die sie mit Lossie auch zu Hause und allein trainieren konnte.

Joel war enttäuscht. Lilly tat so, als würde ihr Margas Absage auch Leid tun, doch insgeheim war sie froh. Marga war so gut in allem, dass Lilly sich neben ihr immer dumm und ungeschickt vorkam. Sie hatte wesentlich mehr Selbstvertrauen, wenn Marga nicht in der Nähe war. Inzwischen hoffte sie sogar, zumindest bei einem der Wettkämpfe gewinnen zu können; entweder beim Slalomritt oder bei »Schritt, Trab und Galopp«, bei dem jeder mit seinem Pferd die Bahn auf und ab reiten und bei den Markierungen die Gangart wechseln muss. Moonlight war so sanft und willig; er schien immer instinktiv zu spüren, was sie von ihm wollte, und manchmal kam es Lilly fast so vor, als gäbe es zwischen ihnen so etwas wie eine telepathische Verbindung.

Sie kamen nun zum Ende der Routineübungen und Mrs Richards erklärte, dass es für heute genug sei. Die Pferde sollten sich ein bisschen ausruhen und am Nachmittag konnten diejenigen, die noch bleiben wollten, für das Springen trainieren. Daran nahm Lilly nicht teil, im Gegensatz zu Joel und Marga, die beide in der Juniorengruppe mitmachen würden, aber das Zuschauen würde sicher auch interessant sein.

Es war ein stürmischer, aber klarer Tag und die Sonne schaffte es immer wieder, sich zwischen den Wolken hindurchzuschieben. Als Lilly Moonlight zum Stall zurückführte, fiel ihr auf, dass sich das Wetter seit dem schrecklichen Sturm an Weihnachten enorm verbessert hatte. Es hatte keine Stürme mehr gegeben und die Welt wirkte um einiges freundlicher. Die beiden Vorfälle am ersten Weihnachtsfeiertag hatten zum Glück ein gutes Ende gefunden. Die Fischer auf dem verschollenen Boot hatten ihren schadhaften Motor irgendwann wieder notdürftig reparieren und sich unter großen Mühen in den Hafen zurückretten können. Im zweiten Anlauf war es einem der Rettungsboote gelungen, sich zu dem Frachter in Seenot durchzukämpfen und die Besatzung heil an Land zu bringen. Darüber war Lilly heilfroh. Eine Zeit lang hatte sie allen Ernstes befürchtet, die beiden Vorfälle könnten etwas mit dem Grauen Pferd zu tun haben; dass es zunehmend an Macht und Stärke gewann und die alte Prophezeiung wahr werden würde. Doch nun sah es ganz so aus, als seien ihre Befürchtungen völlig unbegründet gewesen.

Sie ging zum Mittagessen nach Hause, zum einen, weil sie zu hungrig war, um sich mit einem Sandwich zu begnügen, und zum anderen, um ihrer Großmutter zu erzählen, was sie am Morgen erlebt hatte.

Um zwei traf sie wieder am Reitstall ein. Schon von weitem sah sie Lossie auf dem Hof stehen und wenig später traf sie Marga bei Joel im Geräteraum an.

Marga trug eine sehr elegante, neue Reitjacke. Lilly machte ihr ein Kompliment und Marga antwortete lässig: »Na ja, ich will schließlich gut aussehen an unserem großen Tag. Was ziehst du an? Etwas Blaues? Du hast ja ständig etwas Blaues an.«

»Ich mag Blau«, sagte Lilly fast ein wenig schnippisch.

»Klar, warum auch nicht?« Marga lächelte. »Steht dir ja auch gut.«

Lilly fiel auf, dass Marga eine neue Brosche am Revers ihrer Jacke trug. Es war ein Pferdekopf, umgeben von einem Hufeisen, und sie sah recht teuer aus. Margas Mutter schien zwar sehr streng zu sein, wie Lilly fand, aber offenbar gab sie gern Geld aus.

»Das Springreiten auf der Koppel fängt gleich an«, sagte Joel. »Marga, sollen wir zwei schon mal ein paar Aufwärmrunden drehen?«

»Oh ja, gern!«, säuselte Marga. »Hoffentlich langweilst du dich nicht, wenn du uns zuschaust, Lilly.«

»Nein, bestimmt nicht«, antwortete Lilly. »Und außerdem habe ich noch eine Menge Sachen zu erledigen.«

Sie wartete, bis Joel und Marga im Sattel saßen, ehe sie in Moonlights Box ging und sich Schutz suchend an ihn lehnte. »Ich weiß nicht, woran es liegt, Moonlight«, sagte sie leise, »aber ich kann diese Marga einfach nicht mehr ausstehen.«

Moonlight wieherte verständnisvoll und pustete ihr seinen warmen, nach Heu duftenden Atem ins Gesicht.

»Ich glaube, ich bin ein bisschen eifersüchtig«, fuhr Lilly fort. »Weißt du, bis sie kam, war Joel mein Freund, aber jetzt sieht es so aus, als hätte sie ... hm, ihn irgendwie an sich gerissen.« Sie drückte ihr Gesicht in Moonlights raue Mähne. »Aber dich kann sie mir nicht wegnehmen, oder? Das kann niemand, stimmt's?«

Moonlight wieherte erneut und rieb seinen Kopf an ihrer Schulter. Vielleicht juckte es ihn nur, aber das glaubte Lilly nicht. Er verstand sie, davon war Lilly felsenfest überzeugt.

»Auf, mein Junge«, sagte sie zu ihm. »Üben wir noch mal für das Slalomreiten. Wir zwei werden immer besser, hab ich

Recht? Wer weiß, vielleicht können wir darin ja sogar Marga und Lossie schlagen!«

Obwohl sie eigentlich keine rechte Lust dazu hatte, blieb Lilly ein Weilchen am Rand der Koppel stehen, um Joel und Marga zuzuschauen. Jester sprang gut, aber Lossie war ihm eindeutig überlegen. Lilly musste sich eingestehen, dass er absolut erstklassig war: Der Braune übersprang jedes Hindernis, als hätte er Flügel. Marga auf seinem Rücken wirkte souverän und elegant und machte keinen einzigen Fehler. Sie und Joel ritten zweimal den Parcours, wobei sie kein einziges Hindernis streiften, und als sie durch waren, kam Marga im Schritttempo auf Lilly zu, die mit Moonlight in der Nähe des Gatters stand.

»Puuuh!«, sagte sie außer Atem und strich sich eine Haarsträhne, die sich aus ihrem Zopf gelöst hatte, hinters Ohr. »Das war spitze! Ich glaube, wir haben echte Chancen zu gewinnen!«

»Das kannst du laut sagen«, entgegnete Lilly und ihre ehrliche Bewunderung siegte über ihre Eifersucht. »Du bist echt gut. Und Lossie ist ein hervorragendes Springpferd!«

»Oh, er ist insgesamt hervorragend!«, sagte Marga schmunzelnd. »Nicht wahr, mein Großer?« Sie tätschelte Lossies Hals und der Braune schnaubte und warf seinen Schweif hin und her.

»Es muss ein tolles Gefühl sein, ihn zu reiten«, fuhr Lilly fort.

»Stimmt. Und gehorsam ist er auch.« Marga musterte Lilly prüfend. »Hey, weißt du was? Sollen wir mal tauschen? Nicht um zu springen, ich weiß, dass du das noch nicht kannst, aber vielleicht für eine kurze Runde. Es wird dir Spaß machen, Lossie zu reiten, und ich würde Moonlight auch gern mal ausprobieren.«

Lilly erschrak. Sie wollte eigentlich nicht tauschen. Sie war vernarrt in Moonlight und hatte keine Lust, ihn Marga zu überlassen – und sei es auch nur für kurze Zeit. »Ich weiß nicht …«, sagte sie skeptisch.

»Ach was, hab dich nicht so!«, sagte Marga lachend. »Schau, da kommt Joel. Mal sehen, was er davon hält!«

Als Joel mit Jester bei ihnen ankam, sprudelte Marga sofort los. Joel wusste, wie sehr Lilly an Moonlight hing, und sie hoffte, er würde ihre Partei ergreifen, als sie ihm zu erklären versuchte, dass es keinen Grund für einen Pferdetausch gab. Doch Joel unterstützte sie nicht. Zu ihrer Bestürzung sagte er: »Hey, das ist eine gute Idee. Auf, Lilly! Es tut ganz gut, zwischendurch mal ein anderes Pferd zu reiten. Es ist nicht fair, dass du Moonlight dauernd in Beschlag nimmst und niemand anderen an ihn ranlässt.«

Lilly fühlte sich verraten und starrte ihn ungläubig an. Nicht nur, dass er sich auf Margas Seite stellte – er deutete an, dass sie, Lilly, egoistisch sei. Empört machte sie den Mund auf, um zu widersprechen, doch dann überlegte sie es sich anders. Es hätte ohnehin nichts genützt. Es stand zwei gegen einen. Und Moonlight gehörte ihr nicht. Wenn Joel Marga erlaubte, auf ihm zu reiten, dann musste sie klein beigeben.

Betreten nickte sie und versuchte, sich nicht anmerken zu lassen, wie sie sich fühlte. Widerwillig glitt sie von Moonlights Rücken. Marga griff nach den Zügeln und sagte:

»Reite du schon mal mit Lossie los, damit ich sehen kann, wie du mit ihm zurechtkommst.«

Joel hielt Lossie fest, während Lilly auf seinen Rücken zu steigen versuchte. Das war nicht leicht, denn Lossie war größer als Moonlight. Wie peinlich, dass Marga ihr schließlich hochhelfen musste! Der Gedanke, auf diesem großen Pferd zu sitzen, behagte Lilly gar nicht und machte sie nervös. Doch Lossie stand lammfromm da, bis sie sicher im Sattel saß.

»Setz die Fersen nicht so stark ein, das mag er nicht«, wies Marga sie an. »Und du brauchst auch nicht viel mit den Zügeln zu machen. Er reagiert sofort.«

Lilly nickte und Joel sagte grinsend: »Na, wie ist die Luft da oben?«

»Gut, danke.« Der Boden war schrecklich weit unter ihr, doch Lilly sagte sich, dass sie sich schon daran gewöhnen würde. Sie ergriff die Zügel, tippte Lossie sachte mit den Fersen in die Flanken und sagte: »Und Schritt!«

Sie begannen mit einer Runde um den Parcours, zuerst im Schritt und dann, als Lillys Zuversicht wuchs, im Trab und schließlich in einem leichten Galopp. Überrascht stellte Lilly fest, dass es richtig Spaß machte. Marga hatte Recht gehabt. Lossie war tatsächlich sehr gehorsam, und weil er so groß war, waren seine Bewegungen geschmeidig und fließend, was sehr angenehm war. Nach drei Runden führte Lilly ihn ans Gatter, wo Marga inzwischen auf Moonlights Rücken saß.

»Wir machen aber kein Wettrennen!«, sagte Marga grinsend. »Du würdest nämlich gewinnen!«

Lilly lachte. »Okay.«

Marga trieb Moonlight an und schon nach wenigen Sekunden rannte er in einem lebhaften Galopp um den Parcours. Lossie wollte ihm folgen und Lilly ließ ihn gewähren, wobei sie allerdings darauf achtete, dass er den nötigen Abstand einhielt. Aufmerksam beobachtete sie Marga. Moonlight lief gut, aber insgeheim fand sie, dass Marga etwas zu grob mit ihm umging. Im Gegensatz zu dem, was sie Lilly geraten hatte, setzte sie selbst ihre Fersen zu stark ein. Lilly sah, dass Moonlight die Ohren anlegte, wann immer Marga ihn zu einem noch schnelleren Tempo antrieb. Am liebsten hätte sie gerufen: »Nicht so grob!« Doch sie hielt sich zurück. Marga war eine erfahrene Reiterin; sie würde schon wissen, was sie tat.

Als Marga zur zweiten Runde ansetzte, galoppierte Moonlight recht flott und unter seinen Hufen spritzte Matsch auf. Plötzlich nahm sie die Zügel so straff, dass Moonlight fast ausgerutscht wäre.

»Darf ich mit ihm springen?«, rief sie Joel zu.

»Klar!«, rief Joel zurück. »Da wird er sich freuen!«

Lilly war klar, dass es Moonlight keine Freude machen würde, doch sie wagte nicht, Joel zu widersprechen. Mit einem Mal hatte sie keine Lust mehr, Lossie zu reiten. Deshalb ließ sie ihn zum Gatter gehen und stieg ab.

»Er ist toll, nicht wahr?«, meinte Joel. »Ich durfte ihn neulich auch mal eine Weile reiten.«

Lilly hörte nicht hin. Ihre ganze Aufmerksamkeit galt Marga, die mit Moonlight inzwischen am anderen Ende des Parcours angekommen war. Sie ließ ihn wenden und preschte auf das erste Hindernis zu. Sie war noch immer viel zu grob mit Moonlight, der seinen Missmut allmählich zeigte. Als er auf das Hindernis zugaloppierte, schüttelte er dauernd den Kopf, als wenn die Zügel zu straff wären. Kurz vor dem Hindernis versuchte er stehen zu bleiben, doch Marga kickte ihm unsanft in die Flanken. Er setzte zum Sprung an, kam jedoch nur um Haaresbreite über das Hindernis hinweg.

»Hmmm«, sagte Joel. »Moonlight scheint seinen faulen Tag zu haben.« Dann rief er Marga zu: »Er kann es viel besser! Lass dich nicht von ihm an der Nase herumführen!«

»Es ist nicht seine Schuld«, sagte Lilly in Joels Richtung. »Sie ist zu grob zu ihm. Hast du nicht gesehen, wie sie ihn gekickt hat?«

»Unsinn – sie ist eine gute Reiterin.« Joel beobachtete angestrengt, wie Marga mit Moonlight auf das nächste Hindernis zuritt. Diesmal war Marga noch resoluter. Lilly hörte sie wütend rufen: »Und los!« Über diesen Ton erschrak Moonlight offenbar so sehr, dass er zu früh lossprang und die Stange herunterriss.

»Du blöder Gaul!«, brüllte Marga. »Nun mach schon! Streng dich gefälligst an!«

Sie stand kurz davor, die Beherrschung zu verlieren, und das machte Moonlight zusätzlich nervös. In seiner Verwirrung versuchte er, einen Bogen um das nächste Hindernis zu machen. Er wusste nicht mehr, was seine Reiterin von ihm wollte, und er war es auch nicht gewöhnt, so grob behandelt zu werden. Ungerührt trieb Marga ihn auf das dritte Hindernis zu – und als sie kurz davor waren, sah Lilly, wie Marga die linke Hand hob und Moonlight an den Hals schlug.

Moonlight wieherte schrill, brach seitlich aus und bäumte sich auf. Marga rutschte nach hinten, schaffte es aber, sich im Sattel zu halten. Als Moonlight mit den Vorderhufen wieder auf die Erde kam, schlug Marga erneut zu – Moonlight bockte und schlug mit den Hinterbeinen aus. Marga verlor das Gleichgewicht und fiel aus dem Sattel. Moonlight suchte sofort das Weite.

»Marga!« Joel rannte zu Marga, um ihr wieder auf die Beine zu helfen. Sie war nicht verletzt; nur schmutzig – und natürlich stocksauer!

»Hast du gesehen, was er gemacht hat?«, sagte sie empört. »Er hat mich abgeworfen, ohne Grund! Moonlight ist ja gemeingefährlich! Er ist böse!«

»Ist er nicht!«, rief Lilly wütend. »Es war allein deine Schuld! Ich hab gesehen, wie du mit ihm umgegangen bist! Du hast ihm wehgetan und da hat er Angst bekommen!«

»Ich – ihm wehtun?«, wiederholte Marga fassungslos. »Dass ich nicht lache! Entschuldige bitte, du Reitexpertin, aber wenn man keine Ahnung hat, sollte man besser die Klappe halten!«

»Ich weiß, was ich gesehen habe!«, erwiderte Lilly aufgebracht. »Lossie reitest du ganz anders. Warum warst du so gemein zu Moonlight?«

»Lilly, bitte!«, rief Joel. »Marga hätte sich ernsthaft verletzen können! Es war Moonlights Schuld!«

»Stimmt nicht! Joel, du hast es doch auch gesehen! Du hast gesehen, wie es dazu kam! Warum nimmst du sie in Schutz?«

»Ich nehme überhaupt niemanden in Schutz!«, rief Joel patzig. »Aber dies ist weder die richtige Zeit noch der richtige Ort, um darüber zu diskutieren. Fang du schon mal Moonlight ein; ich gehe mit Marga zum Haus!«

Er legte Marga einen Arm um die Schultern, als wäre sie schlimm verletzt. Lilly hörte, wie Marga vor sich hinschimpfte, konnte aber nicht verstehen, was sie sagte. Ihre Augen füllten sich mit Tränen. Was war nur los mit Joel? Er musste doch auch gesehen haben, was Marga getan hatte! Warum gab er es jetzt nicht zu?

Mit Tränen der Wut in den Augen stapfte sie auf Moonlight zu. Das weiße Pferd stand mit gesenktem Kopf am anderen Ende der Koppel. Es war sichtlich niedergeschlagen. Doch bei Lillys Anblick stieß es ein leises Wiehern aus und kam ihr entgegen. Sie schlang ihre Arme um seinen Hals und redete leise und beruhigend auf ihn ein. Doch plötzlich verstummte sie und starrte entsetzt auf ihre Hand, mit der sie Moonlights Fell gestreichelt hatte.

Sie hatte Blut an den Fingern! Als sie Moonlights Hals untersuchte, entdeckte sie zwei kleine rote Pünktchen. Ein Bild von vorhin schoss ihr durch den Kopf. Was war passiert, kurz bevor Moonlight sich aufgebäumt hatte? Marga hatte ihm an den Hals geschlagen – zwei Mal!

Auf einmal fiel Lilly die Brosche wieder ein, die mit einer spitzen Nadel an Margas Revers festgemacht war ...

8. Kapitel

Tut mir Leid, dass ich ausgerastet bin.« Marga stand im Hof, hielt Lossies Zügel in der Hand und streichelte ihn, während sie Joel und Lilly entschuldigend anlächelte. »Es war nur der Schock.« Sie machte eine kurze Pause. »Aber Moonlight kann bösartig sein. Das hab ich bei Pferden schon erlebt. Manche sind jahrelang lieb und brav, aber irgendwann kommt ein gemeiner Charakterzug zutage und geht nicht mehr weg. Im Ernst, Joel, ich glaube nicht, dass ihr ihm trauen könnt. Ich fände es sogar besser, wenn ihr ihn gar nicht am Reiterfest teilnehmen lasst!«

»Das muss ich mit meinen Eltern besprechen«, antwortete Joel. »Diese Entscheidung überlasse ich ihnen. Aber wenn du mich fragst ...« Er sah Marga in die Augen und blinzelte. »Ich sage es zwar nicht gern, aber ich fürchte, du hast Recht.«

Lilly hatte das Gefühl, jemand würde ihr die Kehle zudrücken, und ihr Magen zog sich vor Wut schmerzhaft zusammen. Sie brachte kein Wort heraus. Sie konnte auch Joel nicht mehr anschauen. Sie hatte das Gefühl, ihn nicht mehr zu kennen.

»Na schön, ich muss los«, sagte Marga. »Lilly, du bist echt klasse geritten …«

»Lass mich bloß in Ruhe!«, fauchte Lilly.

Joel runzelte die Stirn und Marga seufzte. »Hör mal, Lilly, tut mir Leid, ehrlich! Aber was nützt es, sich etwas vorzumachen? Mit Moonlight stimmt etwas nicht, das steht fest, und wenn …«

»Was hier nicht stimmt«, sagte Lilly wütend, »ist die Art, wie du ihn behandelt hast!« Sie wandte sich an Joel. »Joel, sie hat ihm wehgetan! Ich habe gesehen …«

Doch Joel ließ sie gar nicht erst ausreden und er klang auf einmal so wütend, wie sie ihn noch nie erlebt hatte. »Lilly, ich habe genug! Marga hat Moonlight nicht wehgetan, so ein Unsinn! Dass sie gestürzt ist, war allein seine Schuld. Sieh es endlich ein!«

»Nimm es ihr nicht übel, Joel!«, sagte Marga mit zuckersüßer Stimme. »Klar ist es ein harter Schlag, wenn man ein Pferd für perfekt hält und dann feststellen muss, dass es das gar nicht ist.« Sie drehte sich von Lilly weg, um sich mit der üblichen Eleganz auf Lossies Rücken zu schwingen, ehe sie die Füße in die Steigbügel schob. »Ich komme morgen wieder, falls Mum es erlaubt.«

Sobald sie vom Hof ritt und außer Hörweite war, packte Lilly Joel am Arm.

»Joel, komm mit in den Stall! Moonlight ist verletzt. Er hat Blut am Hals und das war sie!«

Das war Lillys letzte Chance, ihm die Augen zu öffnen. Doch Joel sah sie nur an und sagte: »Hast du nicht gehört, was ich gerade gesagt habe? Ich hab's satt! Ich weiß nicht, was du plötzlich gegen Marga hast, und ehrlich gesagt ist es mir auch egal. Fakten sind Fakten und das kannst du nun mal nicht ändern!«

»Aber wenn du kurz mitkommst und dich mit eigenen Augen ...«

»Keine Lust, weil es nämlich nichts zu sehen gibt!«

»Dann zeige ich es deinen Eltern!«

»Die sind beide unterwegs.«

Sein Tonfall war kühl und abschließend und Lilly gab es auf. Vermutlich hatte er Recht: Es gab tatsächlich nichts mehr zu sehen. Dummerweise hatte sie die Blutspuren an Moonlights Fell abgewischt und die wären ihr einziger Beweis gewesen. Wenn es um Marga ging, war er blind und taub. Es war fast, als hätte sie ihn verhext.

Lilly wandte sich ab, weil ihr schon wieder Tränen in die Augen schossen und sie nicht wollte, dass Joel es sah. »Na schön«, sagte sie mit leiser, tonloser Stimme. »Ich gehe jetzt nach Hause. Es würde nichts nützen, wenn ich noch bliebe, stimmt's? Aber wenn Moonlight nicht am Reiterfest teilnehmen darf, kannst du mich auch streichen.«

Joel seufzte. »Ich glaube nicht, dass es dazu kommen wird«, sagte er. »Aber natürlich muss ich meinen Eltern erzählen, was passiert ist. Hmm ... wir werden sehen.«

»Ja«, sagte Lilly, etwas schärfer als beabsichtigt. »Das werden wir!« Sie drückte die Schultern nach hinten. »Tschüss dann.«

»Ja, tschüss. Bis morgen.«

»Vielleicht.« Natürlich würde Lilly kommen, aber sie wollte auch nicht, dass Joel es für selbstverständlich hielt.

Sie überquerte den Hof und ging durch das Hoftor, doch sobald Joel sie nicht mehr sehen konnte, begann sie zu rennen. Sie rannte den ganzen Weg bis zum Haus ihrer Großmutter. Nan war in der Küche, doch Lilly eilte schnurstracks nach oben in ihr Zimmer, wo sie sich bäuchlings aufs Bett warf und ihren Tränen freien Lauf ließ.

Ein paar Minuten später kam Nan herein. »Lilly, was ist denn los? Ist etwas passiert?«

Ihre Stimme klang besorgt, was dazu führte, dass Lilly sich noch elender fühlte. »Oh, Nan«, sagte sie und schluchzte. »Es ist so unfair!«

»Was denn, mein Schatz? Komm, erzähl es mir!«

Aus Lilly sprudelte es jetzt nur so heraus. Nan hörte sich die ganze Geschichte an und sagte dann: »Weißt du was, mein Goldschatz? Ich glaube, es handelt sich schlicht und ergreifend und ganz altmodisch um Eifersucht!«

»Ich weiß, dass ich eifersüchtig bin«, sagte Lilly, »aber ...«

»Nein, nein, ich spreche nicht von dir. Ich meine dieses Mädchen, diese Marga. Sie ist eifersüchtig auf dich.«

Erstaunt blinzelte Lilly ein paarmal. »Auf mich? Warum sollte sie? Sie hat ihr eigenes Pferd und reitet fantastisch.«

»Kann sein«, entgegnete Nan, »doch aus dem, was du mir erzählt hast, schließe ich, dass sie nicht besonders glücklich ist. Und sie hat nicht viele Freunde – was nicht weiter überraschend ist, wenn man bedenkt, wie sie sich heute benommen hat! Du dagegen bist ein glückliches Mädchen und darauf ist sie neidisch. Deshalb ist sie so boshaft und will dir deinen Freund Joel abspenstig machen und dir das Reiterfest verderben.« Nan seufzte. »Manche Menschen sind so.«

»Und was soll ich jetzt tun?«, fragte Lilly hilflos. »Joel ist total begeistert von ihr. Es kommt mir fast so vor, als würde er mich nicht mehr mögen.«

»Oh, das glaube ich nicht«, sagte Nan bestimmt. »Vielleicht fasziniert ihn diese Marga, weil sie so gut reiten kann und ihr eigenes Pferd hat, das ja ganz gut zu sein scheint. Aber irgendwann wird er sie durchschauen.«

Lilly wischte sich über die Augen und schniefte. »Das Reiterfest macht mir keinen Spaß, wenn Marga dabei ist. Ich glaube, ich will gar nicht mehr mitmachen.«

»Oh doch!«, sagte Nan mit Nachdruck. »Es ist genauso dein Tag wie ihrer und ich wette, du wirst jede Sekunde genießen. Sei höflich zu Marga und geh jedem weiteren Streit aus dem Weg. Denn wenn du dem Turnier fern bleibst, wird sie denken, sie hätte gewonnen. Diesen Gefallen tust du ihr nicht!«

Das war ein weiser Rat und Lilly beschloss, ihn zu beherzigen. Sie hatte begriffen, was Marga vorhatte, und sie würde sich auf keinen Fall von ihr unterkriegen lassen.

Sie zwang sich zu einem Lächeln und sagte: »Zum Glück macht sie bei der Musikparade nicht mit.«

»Na also, das ist doch schon mal ein Lichtblick! Du musst ihr nur aus dem Weg gehen, wann immer du kannst, und alles ist gut.« Nan lächelte. »Geht es dir wieder besser? Fein! Dann gehen wir jetzt nach unten und essen zu Abend. Ich weiß nicht, wie es dir geht, aber ich bin am Verhungern!«

Da es inzwischen nur noch zwei Tage bis zum Reiterfest waren, war Lilly schrecklich aufgedreht. Sie hatte ihr Bestes getan, um Nans Rat zu befolgen, und es klappte ganz gut. Mr und Mrs Richards hatten Moonlight nicht vom Turnier ausgeschlossen. Mrs Richards hatte gesagt, sie würde ihn im Auge behalten, aber Lilly wusste, dass er keinen Ärger machen würde, und sie sollte Recht behalten. Joel hatte den Zwischenfall nicht mehr erwähnt und Marga – tja, die war Lilly ein Rätsel. Marga tat so, als wenn nie etwas vorgefallen wäre. Wenn sie sich zufällig mal im Stall trafen, war sie absolut freundlich und schien gar nicht zu merken, wie zurückhaltend und kühl Lilly zu ihr war.

Moonlight hingegen schien sich vor Marga richtig zu fürchten. Nach dem, was vorgefallen war, war das nicht weiter überraschend, und Lilly tat, was sie konnte, um ihn von ihr fern zu halten. Das war zum Glück nicht weiter schwierig, denn wenn Marga zum Reitstall kam, dann hauptsächlich, um für den Springwettbewerb zu trainieren, während Lilly mit ihrem Team auf einer anderen Koppel für die Musikparade übte.

Als Lilly an diesem Morgen zu den Ställen kam, war Marga mit Lossie gerade auf dem Weg zur Koppel. Moonlight stand noch in seiner Box; Lilly striegelte ihn und führte ihn anschließend ins Freie, um ihn zu satteln. In diesem Moment kamen Marga und Lossie wieder auf den Hof.

»Hallo!« Marga lächelte freundlich wie immer und glitt von Lossies Rücken. Lilly nickte ihr zu, sagte aber nichts, und Moonlight wurde unruhig, versuchte seitlich auszuweichen und warf den Kopf hin und her.

»Brrr, Moonlight, ruhig!« Lilly streichelte ihn, um ihn zu beruhigen, während Marga Lossie an ihnen vorbeiführte.

Auf einmal schielte die Sonne durch eine Lücke in den Wolken. Der ganze Hof war plötzlich in Licht getaucht – und Lilly sah etwas Blaues an Margas Handgelenk aufblitzen.

Blau ...

Sie erstarrte und riss die Augen auf. Da sah sie ein ihr nur zu gut bekanntes Silberkettchen aus Margas Jackenärmel hervorblitzen.

Mit zittriger Stimme stammelte Lilly: »Du ... du trägst mein Armkettchen!«

Marga blieb stehen, blinzelte und lächelte dann. »Was?«

»Mein Armkettchen!« Der anfängliche Schock wich einem Gefühl von Wut und Lilly trat einen Schritt auf Marga zu. »Das Kettchen, das ich im Tierheim verloren habe. Du hast es gefunden und mir nicht zurückgegeben!«

»Was redest du da?«, fragte Marga mit Unschuldsmiene. »Meinst du das hier?«

Sie hielt ihr Handgelenk hoch, sodass der Anhänger – eine glatt polierte, blaue Glasscherbe – sichtbar wurde.

»Ja. Es gehört mir und das weißt du genau!«

»Entschuldige«, sagte Marga unschuldig, »aber das stimmt nicht. Das ist ein Weihnachtsgeschenk von meiner Tante. Hübsch, nicht wahr?« Sie wedelte mit der Hand, sodass das Glasstückchen hin und her schwang und in der Sonne aufblitzte. Dabei lächelte sie noch immer, doch es war ein falsches, höhnisches Lächeln.

Lilly platzte fast vor Wut. »Das ist kein Geschenk von deiner Tante. Dieses Kettchen gehört mir!«

Margas Gesichtsausdruck veränderte sich. »Willst du damit sagen, dass ich lüge?«, fragte sie empört.

»Ja!« In diesem Moment kam Joel auf sie zu und Lilly drehte sich erleichtert zu ihm. »Joel – Joel, komm schnell!«

»Was gibt's?«, fragte Joel.

»Du erinnerst dich doch noch an das Armkettchen, das ich verloren habe, nicht wahr?«

»Ja, natürlich«, antwortete Joel.

»Dann schau dir mal an, was Marga da hat! Sie hat es! Und jetzt behauptet sie, es gehöre ihr!«

»Was?« Verblüfft musterte er Marga.

Marga seufzte und streckte den Arm aus. »Hier, darum geht's. Ich habe gerade versucht, Lilly klar zu machen, dass ich es zu Weihnachten geschenkt bekommen habe«, sagte sie. »Es sieht vielleicht ein bisschen so aus wie das von Lilly, aber es gehört definitiv mir!«

Joel betrachtete das Armkettchen. Dann hob er den Kopf und blickte Marga ins Gesicht. Er wollte etwas sagen ... doch als sich ihre Augen trafen, schloss er den Mund, als hätte es ihm plötzlich die Sprache verschlagen. Marga starrte ihn an, mit diesem falschen Grinsen.

Joel schüttelte sich, als wäre er gerade aus einem Traum erwacht. Mit einer fremden, kalten Stimme, die gar nicht wie sonst klang, sagte er dann: »Stimmt, es sieht so ähnlich aus wie das von Lilly. Aber es ist nicht deins, Lilly.« Doch er schaute sie nicht an, als er das sagte, sondern hing weiterhin wie gebannt an Margas Augen. »Es ist nicht dein Armkettchen.«

Margas Lächeln wurde noch breiter. Und es lag auch ein Hauch von Triumph darin.

9. Kapitel

Lilly hielt es keine Sekunde länger im Reitstall aus. Sie musste hier weg; weg von Marga, weg von Joel, weg von allem. Sie musste es Nan erzählen. Und sie musste nachdenken.

Nach einer hastigen Entschuldigung, auf die Joel mit einem gleichgültigen Schulterzucken reagierte, machte sich Lilly auf den Heimweg. In den letzten paar Minuten hatte sich die Wolkendecke wieder verdichtet und verdeckte die Sonne. Der Himmel sah bedrohlich aus. Erste dicke Regentropfen fielen ihr ins Gesicht, als sie über den Weg hastete. In der Ferne hörte sie das Meer rauschen. Es klang drohend und gefährlich, und weil es von den steilen Klippen zu beiden Seiten des Tals zurückgeworfen wurde, hatte Lilly das Gefühl, von sich überschlagenden Brechern umgeben zu sein. Sie warf einen ängstlichen Blick über die Schulter, als befürchte sie, ihr Albtraum sei wahr geworden und eine meterhohe Wasserwand verfolge sie. Doch da war nichts. Nur der erzürnte Himmel, der aussah, als würde er jeden Augenblick auf sie herunterstürzen. Alles war plötzlich grau.

Lilly beschleunigte ihre Schritte und fing dann an zu laufen. Als Chapel Cottage in Sicht kam, war sie vollkommen außer Atem. Sie rannte durch die Gartentür und konnte es kaum erwarten, Nan alles zu erzählen. Sie drehte den Türknauf – doch die Haustür war abgeschlossen!

»Oh nein ...« Nan hatte sie natürlich nicht so früh zurückerwartet. Plötzlich fiel Lilly wieder ein, dass Nan erwähnt hatte, dass sie an diesem Morgen nach Truro fahren wollte. Mit pochendem Herzen tastete sie in ihrer Jeanstasche nach ihrem eigenen Schlüssel und schloss die Tür auf.

Drinnen war es kalt und man hatte das Gefühl, als wenn der graue, trübe Tag durch die Wände hereinsickern würde. Lilly rief nach Baggins, doch er kam ihr nicht wie üblich entgegen, um sie zu begrüßen. Vermutlich war er draußen auf Mäusejagd. Sie war ganz allein.

Ihr Herz klopfte nicht mehr nur, es hämmerte richtig und sie flüchtete sich schnell nach oben in ihr Zimmer. Dort war sie – an jeder Wand – von Nans und ihren eigenen Bildern umgeben: blaue Pferde, blaues Meer und blauer Himmel. Doch dieses Mal schien ihr Anblick nicht auszureichen, um sich besser zu fühlen. Fieberhaft durchwühlte Lilly ihren Schrank und ihre Schubladen und zog alles heraus, was blau war. Sie tauschte ihre dunkelblaue Jeans gegen eine hellblaue aus, die zwar nicht so warm war, aber das war im Moment nicht wichtig. Außerdem zog sie eine blaue Bluse über ihr blaues T-Shirt an und darüber wieder den blauen Fleecepulli, den sie heute Morgen schon angehabt hatte. Den Rest ihrer blauen Kleidungsstücke hängte sie an Kleiderbügel und platzierte sie im ganzen Zimmer, wo immer sie ein freies Plätzchen fand. Alles, alles musste blau sein. Nur so fühlte sie sich sicher!

Als Lilly endlich zufrieden war, ließ sie sich auf ihr Bett fallen und betrachtete das größte Bild an ihrer Wand: Nans Gemälde von dem Pferd, das aus dem vom Mond beschienenen Meer galoppierte. Das war ihr Lieblingsbild, und wenn sie es anschaute, wurde sie normalerweise sofort ruhiger. Doch heute schien die Magie des Bildes nicht richtig zu wirken.

Lilly schaute es an und sagte laut, als könnte das Pferd sie hören: »Es war mein Armkettchen, da bin ich mir ganz, ganz sicher. Joel hat es auch gesehen, doch als er ihr in die Augen schaute, da hat sie ... ich weiß nicht, irgendwie hat sie ihn dazu gebracht zu sagen, dass es nicht mein Kettchen ist. Sie besitzt irgendeine Macht, mit der sie ihn in ihren Bann zieht. Aber warum?« Ein Schauer lief ihr über den Rücken. »Du weißt es, Blaues Pferd. Wenn du es mir nur sagen könntest! Worauf hat Marga es abgesehen? Wer ist sie?«

Lilly wünschte sich sehnlichst, eine Art Wunder würde geschehen: dass das Pferd auf dem Gemälde womöglich zum Leben erwachen oder ihr eine innere Stimme eine Antwort geben würde. Doch es geschah kein Wunder. Das Gemälde blieb nur ein Gemälde und alles, was sie hörte, war das Klappern eines Fensterladens und in der Ferne die Brandung.

Einer anderen Sache war Lilly sich plötzlich auch sehr sicher. Zwischen Marga und dem Grauen Pferd musste es eine Verbindung geben. Lilly hatte keine Ahnung, welcher Art diese Verbindung sein könnte. Fest stand, dass Marga ihr schaden wollte und dass sie irgendetwas mit dem Grauen

Pferd zu tun hatte. Eine plötzliche Angst schnürte ihr die Kehle zu.

Auf einmal horchte sie auf. Sie hatte ein Geräusch gehört, das vertraut klang und eindeutig näher kam – Lilly sprang auf und rannte ans Fenster. Nans Auto! Was für ein Glück! Erleichtert wollte sie zur Treppe rennen, blieb in der Tür aber noch einmal stehen und warf einen letzten Blick auf das Bild.

»Danke!«, sagte sie lächelnd, ehe sie ihr Zimmer verließ.

Nan war im Hauseingang und schlüpfte gerade aus ihrer Jacke, als Lilly die Treppe herunterkam. Sie sah Lilly sofort an, dass etwas vorgefallen war, und setzte sich mit Lilly an den Küchentisch. Dann sagte sie ihr, sie solle erst mal tief durchatmen und ihr dann alles von Anfang an erzählen. Bis Lilly damit fertig war, schimmerten ihre Augen verdächtig feucht. Nan goss ihr heiße Schokolade in einen Becher ein, setzte sich ihr gegenüber und nahm ihre Hände.

»Also gut«, sagte sie. Ihre Stimme klang nicht angespannt, doch ihr Gesicht war hochkonzentriert. »Gehen wir mal ins Detail. Was weißt du über diese Marga?«

»Nicht viel«, antwortete Lilly achselzuckend. »Sie ist erst seit ein paar Wochen an unserer Schule. Ihre Familie ist neu zugezogen.«

»Ins Dorf?«

»Nein, irgendwo außerhalb. Ich weiß nicht genau, wo. Und ich weiß auch nicht, wo sie früher gewohnt haben.«

»Aha«, sagte Nan. »Was hat sie dir von ihrer Familie erzählt?«

Lilly zuckte mit den Schultern. »Nicht viel. Sie wohnt bei ihrer Mutter. Einen Vater oder Geschwister hat sie nie erwähnt.«

»Hmmm ...« Nan schien nachzudenken. »Marga ist kein gewöhnlicher Name. Ist es eine Abkürzung?«

»Margarete vermutlich«, sagte Lilly. »Ich hab sie nie danach gefragt.«

Nan schwieg eine Weile. Dann sagte sie sehr ernst: »Lilly, ich glaube, du hast Recht. Marga will dir irgendwie schaden. Vielleicht stellt sie sogar eine ernsthafte Gefahr dar.«

Lilly schluckte. »Und ... was ist mit dem Grauen Pferd?«, fragte sie beklommen.

»Ja, ich denke, dass es da eine Verbindung geben könnte. Welcher Art, ist mir allerdings schleierhaft.« Nan kniff die Lippen zusammen. »Falls Marga tatsächlich etwas Böses im Schilde führt, dann wäre das Reiterfest der ideale Zeitpunkt und der ideale Ort dafür.«

»Soll ich lieber nicht teilnehmen?«, fragte Lilly besorgt.

»Doch, unbedingt. Andernfalls wartet sie nur auf die nächste Gelegenheit, wenn wir nicht damit rechnen und unvorbereitet sind. Du musst hingehen. Sei aber bitte ständig auf der Hut! Trage etwas Blaues. Und halte dich stets in Moonlights Nähe auf.«

»Moonlight?« Lilly riss die Augen auf. »Du meinst ...?«

»Ich weiß, dass du denkst, dass Moonlight kein gewöhnliches Pferd ist, und ich glaube das auch. Warum sonst hätte Marga versucht, dafür zu sorgen, dass er vom Reiterfest ausgeschlossen wird?«

Lilly nickte. Sie hatte schon geahnt, dass Nan ihre Verbundenheit mit Moonlight bemerkt – oder erraten – hatte. Sie hob den Kopf und fragte: »Wirst du auch dabei sein, Nan?«

»Oh ja!«, sagte Nan mit fester Stimme. »Ich werde am Tag des Reiterfestes von Anfang bis Ende anwesend sein und Augen und Ohren offen halten!«

Am nächsten Tag goss es in Strömen. Als Lilly durch das Wohnzimmerfenster auf den Platzregen schaute, wusste sie nicht, ob sie sich darüber freuen oder traurig sein sollte. Wenn das Reiterfest wegen des schlechten Wetters ausfallen würde, wäre einerseits eine Riesenlast von ihr genommen. Andererseits musste sie an Nans Worte denken: »... wartet sie nur auf die nächste Gelegenheit, wenn wir nicht damit rechnen und unvorbereitet sind.« Es war nervenaufreibend, ständig darüber zu grübeln, was Marga für den morgigen Tag wohl geplant hatte. Aber besser ein Ende mit Schrecken als ein Schrecken ohne Ende. Alles war besser als diese grässliche Ungewissheit ...

Am Nachmittag ließ der Regen etwas nach. Lilly zog sich Gummistiefel und Regenjacke an und ging zum Reitstall. Sie war froh, dass Marga nicht da war, und trotz des Nieselregens probten Joel und sie ein letztes Mal für die Musikparade. Wenn Marga nicht da war, war Joel fast wieder der Alte, und als Lilly am späten Nachmittag ins Chapel Cottage zurückkehrte, war sie wesentlich ruhiger und fest entschlossen, allem, was am nächsten Tag auch passieren würde, die Stirn zu bieten.

Kurz nach Einbruch der Dunkelheit hörte der Regen ganz auf. Selbst das Meer hatte sich wieder beruhigt und war kaum noch zu hören. Als Lilly ins Bett gehen wollte, kam es ihr so vor, als würde die Welt um sie herum die Luft anhalten, als warte sie nur darauf, was als Nächstes passieren würde. Lilly versuchte, nicht mehr daran zu denken. Doch es wollte ihr nicht so richtig gelingen.

Unruhig wälzte sie sich die halbe Nacht lang hin und her, bis sie endlich einschlief. Als sie wieder aufwachte, war es noch immer dunkel, aber ihr war klar, dass sie nicht wieder einschlafen konnte. Sie knipste ihr Nachttischlämpchen an und sah auf ihrer Armbanduhr, dass es erst Viertel vor sechs war. Noch zwei Stunden, bis es hell werden würde. Bis dahin konnte sie doch nicht untätig herumliegen. Es hatte keinen Sinn zu lesen, sie konnte sich einfach nicht konzentrieren. Aber mit irgendetwas musste sie sich die Zeit vertreiben ...

Ihr Blick fiel auf das Malset auf der Kommode, das Nan ihr zu Weihnachten geschenkt hatte. Sollte sie vielleicht ein neues Bild anfangen? Selbst wenn es nicht gut werden sollte, so wäre sie doch für eine Weile von ihren düsteren Gedanken abgelenkt.

Lautlos zog Lilly sich an, schnappte sich ihr Malset und huschte auf Zehenspitzen ins Erdgeschoss. Baggins war überrascht, sie zu sehen, und folgte ihr in Nans Atelier, wo sie ein Blatt von ihrem Zeichenblock auf den großen Tisch legte. Dann setzte sie sich davor und machte sich ans Werk.

Sie wollte ein grasendes Pferd zeichnen. Das wäre eine gute Übung, denn es war recht schwierig, den gesenkten Hals richtig hinzubekommen. Doch die Umrisse wurden nicht so, wie Lilly sie sich vorgestellt hatte. Dieses Pferd wollte einfach nicht grasen; ihr Bleistift glitt ständig in die falsche Richtung, so als würde ein anderer ihre Hand führen. Doch Lilly gab nicht auf. Stirnrunzelnd und verbissen arbeitete sie weiter.

Aber sie war müde. Alles kam ihr so unwirklich vor und sie glitt in einen Dämmerzustand, halb wach, halb schlafend.

Als Nan gegen halb acht in ihr Atelier kam, hatte Lilly ihren Kopf auf die Unterarme gebettet und schlief tief und fest neben ihrem Zeichenblatt. Das Bild war noch nicht fertig, aber die Bleistiftskizze war komplett. Lilly hatte auch schon mit dem Ausmalen angefangen. Das Bild zeigte nicht ein, sondern zwei Pferde, die sich feindselig und mit drohend erhobenen Köpfen gegenüberstanden. Das eine Pferd war blau, das andere grau. Sie standen am Rand einer Klippe, hinter ihnen war ein dunkler, stürmischer Himmel und im Hintergrund ein verfallenes Gebäude mit einem hohen Schornstein zu sehen.

Nan nahm das Zeichenblatt in die Hand und betrachtete es aufmerksam. Dann ging sie lautlos zu einem Stapel ihrer eigenen Bilder und ließ es dahinter verschwinden. Ebenso leise kehrte sie zum Tisch zurück, nahm ein weiteres von Lillys Blättern aus dem Skizzenbuch und zeichnete ein paar schnelle, grobe Striche, bevor sie Lilly sachte an der Schulter rüttelte.

»Mhmm ...?« Verschlafen hob Lilly den Kopf und blinzelte. »Nan?«

»Zeit zum Aufstehen, mein Schatz.« Nan lächelte sie an.

»Oh ...« Lilly rieb sich die Augen und sah erst jetzt, wo sie war. Da fiel es ihr wieder ein. »Ich konnte nicht mehr schlafen«, erklärte sie, »und deshalb wollte ich ein bisschen malen.« Sie gähnte. »Hab ich etwas gemalt? Ich glaube, angefangen habe ich ...«

»Stimmt, mein Schatz, aber du bist nicht sehr weit gekommen«, sagte Nan, kreuzte die Finger hinter ihrem Rücken und deutete mit der anderen Hand auf die Skizze auf dem Tisch. »Schau, nur ein paar Striche. Du bist wohl ziemlich schnell eingeschlafen.«

Lilly verzog das Gesicht. »Schade.«

»Na ja, das ist verständlich. Aber jetzt ist es Zeit zum Frühstücken. Warum setzt du nicht schon mal Wasser für den Tee auf, während ich hier deine Sachen aufräume.«

»Gut.« Lilly gähnte erneut. »Oh ... Entschuldigung.«

»Tee und Toast und ein Fünf-Minuten-Ei!«, sagte Nan mit fester Stimme. »Mach dich an die Arbeit!«

Lilly ging in die Küche und Baggins folgte ihr, vermutlich, weil er ebenfalls auf ein Frühstück hoffte. Nan wartete, bis ihre Enkelin verschwunden war, ehe sie Lillys Bild wieder aus seinem Versteck holte. Sie betrachtete es aufmerksam und mit gerunzelter Stirn. Ein schauriges Gefühl überkam sie.

10. Kapitel

Gleich nach dem Frühstück machten sich Lilly und ihre Großmutter auf den Weg zu den Richards. Lilly, die ihre blaue Jeans und eine dicke, blaue Strickjacke trug, hatte das Gefühl, als wäre ihr Bauch voller kleiner Zahnrädchen, die sich unablässig drehten und aneinander rieben. Nan wirkte nach außen hin völlig ruhig, doch ihre Augen huschten wachsam hin und her, als sie den Weg zum Reitstall hinaufgingen. Sie hatte ein paar belegte Brote in ihrer Tasche sowie etliche zusammengerollte Zeichenblätter. Als Lilly fragte, wozu sie diese bräuchte, antwortete sie leichthin: »Ach, vielleicht kann ich während des Zuschauens ein paar Skizzen machen.« Lillys neuestes Werk, das sie zwischen den zusammengerollten Blättern versteckt hatte, erwähnte sie mit keiner Silbe.

Es war ein klarer Morgen, die Erde war wieder einigermaßen trocken, doch auf dem Hof vor den Ställen waren noch einige Pfützen übrig geblieben. Als Lilly und Nan ankamen, waren Mrs Richards und Joel gerade dabei, mit Besen die größten Wasserlachen zu beseitigen.

»Morgen!«, rief Mrs Richards fröhlich, als Nan und Lilly durch das Tor kamen. »Sieht ganz so aus, als hätten wir einen guten Tag erwischt!«

Der ganze Hof war mit bunten Fähnchen geschmückt, ebenso wie die Koppeln, auf denen die Spiele stattfinden sollten. Mr Richards war mit dem Aufbau der Lautsprecheranlage für die Musik und die Durchsagen beschäftigt und Nan sagte, sie würde ihm zur Hand gehen. Lilly holte einen weiteren Besen und schloss sich Mrs Richards und Joel an. Die Pferde standen noch in ihren Boxen, linsten aber gespannt über die Türen hinweg, weil sie spürten, dass etwas in der Luft lag. Lilly stahl sich für ein paar Minuten davon, um Moonlight einen Apfel und zwei Karotten zu bringen und ihm zu erzählen, dass heute ein aufregender Tag werden würde.

Kurz nach neun trafen die ersten Teilnehmer und Zuschauer ein und gegen zehn wimmelte es im Hof von Menschen, Pferden und Ponys. Lilly war gerade dabei, Moonlight zu striegeln, als Marga auf Lossies Rücken durchs Tor geritten kam. Lilly warf einen Blick zu Nan, die ein Stück weiter weg stand. Nan hatte die beiden auch schon entdeckt und nickte Lilly beruhigend zu. Die kleinen Rädchen in Lillys Bauch schienen sich auf einmal noch schneller zu drehen, doch Lilly ließ sich nichts anmerken und widmete sich wieder dem Striegeln.

Sie hielt sich von Marga fern, doch sobald das Programm anfing, war das natürlich nicht mehr möglich. Ganze Menschenscharen standen um die Koppeln herum; aus den Lautsprechern ertönte fröhliche Musik. Es wimmelte von Pferden und Ponys. Lilly hatte Moonlight gesattelt und wollte gerade aufsteigen, um an ihrem ersten Wettkampf teilzunehmen – Schritt, Trab und Galopp –, als Marga auf Lossie zu ihr geritten kam.

»Hallo, Lilly!«, sagte Marga mit einem breiten Lächeln, das Lilly sofort misstrauisch machte. »Ich hab dich heute Morgen kaum gesehen.«

»Stimmt«, entgegnete Lilly. »Ich hatte zu tun.«

»Kann ich mir vorstellen. Aber ich bin froh, dass ich dich jetzt treffe, weil ich dich etwas fragen wollte.«

»Ach ja?«, sagte Lilly. »Und was?«

»Ich möchte dir einen Vorschlag machen. Hättest du nicht Lust, bei einem der Wettbewerbe, an denen ich nicht teilnehme, Lossie zu nehmen? Lossie ist schneller als Moonlight und dann hättest du größere Chancen zu gewinnen.«

Lilly kniff die Augen zusammen. »Danke für das Angebot«, sagte sie kühl und bestimmt. »Aber lieber nicht.«

»Wie du meinst.« Marga zuckte mit den Schultern und lächelte unbeirrt weiter. »War nur eine Idee von mir. Aber jetzt muss ich los, das Springen fängt gleich an. Bis später.«

»Besser nicht ...«, murmelte Lilly vor sich hin, sobald Marga verschwunden war.

»Hallo, Lilly!«, hörte sie da eine andere Stimme hinter sich. Sie drehte den Kopf und sah Joel, der mit Jester am Zügel auf sie zukam. Jester war nervös und sichtlich aufgeregt. »Na, bereit für deinen ersten Auftritt?«

»Ich denke schon.« Sie stellte Moonlights Sattelgurt richtig ein, während Jester ungeduldig den Kopf schwenkte.

»War das Marga, mit der du dich gerade unterhalten hast?«, erkundigte sich Joel.

»Ja.«

»Dachte ich's mir! Sie und Lossie sehen spitze aus, nicht wahr? Ich wette, die beiden – ruhig, Jester, beruhige dich! – werden den Preis für das beste Aussehen bekommen.«

»Gut möglich«, meinte Lilly.

»Okay, ich muss mich sputen, sonst komme ich zu spät. Drück mir die Daumen fürs Springen!«

»Klar doch – viel Glück!«

Joel schwang sich auf Jesters Rücken und Lilly blickte ihm nach, als er Marga und Lossie auf die Koppel folgte, auf der mehrere Hindernisse aufgebaut waren. Lilly hatte noch zwanzig Minuten Zeit. Deshalb stieg sie auf Moonlights Rücken und mischte sich mit ihm unter die Zuschauer am Rand der Koppel, um sich die ersten Springer anzuschauen.

In der ersten Runde waren die Hindernisse noch recht niedrig und die ersten sechs Pferde und Ponys, darunter auch Jester und Lossie, brachten den Durchgang fehlerlos hinter sich. Lilly warf einen Blick auf ihre Uhr und sah, dass sie nicht mehr viel Zeit hatte. Sie lenkte Moonlight zur anderen Koppel.

Auf halber Strecke kam es zu einem kleinen Zwischenfall. Eine große kastanienbraune Stute wieherte schrill und grundlos, wie es schien, bäumte sich auf und machte eine Vierteldrehung, wobei sie mit Moonlight zusammenstieß. Moonlight machte einen Satz zur Seite, doch darauf war Lilly nicht gefasst. Sie verlor einen Steigbügel und rutschte zur Seite. Sie wollte sich noch an Moonlights Mähne festhalten, doch es war schon zu spät. Sie fiel von seinem Rücken und landete rücklings in einer Pfütze.

Die Umstehenden eilten herbei, um ihr zu helfen, und der Reiter der braunen Stute sprang aus dem Sattel und kniete sich neben sie.

»Tut mir Leid«, sagte er. »Ist dir etwas passiert?«

Lilly war zum Glück nichts passiert, doch sie war patschnass. Schlammiges Wasser tropfte von ihrer Kleidung, als sie sich aufrichtete. Mit bebender Stimme antwortete sie: »Nein, alles in Ordnung. Ich bin nur ein bisschen nass geworden ...«

»Ein bisschen? Machst du Witze?« Das war Mrs Richards, die zufällig gerade in der Nähe war. »Oh, Lilly. Schau dich mal an! Du musst dich umziehen!« Vorwurfsvoll beäugte sie den Reiter der braunen Stute, der bedauernd die Arme ausbreitete.

»Es tut mir wirklich Leid«, beteuerte er. »Aber ehrlich – es war nicht meine Schuld. Irgendein dämliches Mädchen auf einem Fuchs kam direkt auf meine Stute zugeritten und hat sie erschreckt!«

»Ein F-fuchs ...?«, stammelte Lilly.

»Ja. Ein Pferd mit einer weißen Blesse. Wahrscheinlich hatte das Mädchen ihr Tier nicht im Griff.«

»Na ja, zum Glück ist nichts weiter passiert«, sagte Mrs Richards. »Komm mit ins Haus, Lilly. Wir werden schon etwas Passendes für dich finden.«

Betroffen blickte Lilly auf ihre tropfende Kleidung. Hoffentlich hatte Mrs Richards etwas Blaues auf Lager. Schnell nach Hause zu rennen, um ihre blaue Fleecejacke und die dunkelblaue Jeans zu holen, würde nichts nützen, denn beide Sachen waren in der Wäsche.

Unglücklich schaute sie sich um und suchte nach Marga

und Lossie. Sie konnte sie nicht sehen, aber sie wusste instinktiv, dass Marga irgendwo in der Nähe war. Sie würde sie im Moment garantiert beobachten. Und sich ins Fäustchen lachen!

Denn das war der erste Schlagabtausch gewesen und Marga hatte gewonnen!

Für den Rest des Morgens war Lilly viel zu abgelenkt, um darüber nachzudenken, was Marga als Nächstes vorhatte. Sie trug eine geliehene grüne Strickweste und eine alte, beige Reithose von Joel und in diesem Aufzug nahm sie an drei Wettkämpfen teil. Aber sie merkte, dass sie einfach nicht konzentriert bei der Sache war, was sich natürlich auch auf Moonlight auswirkte, sodass sie immer nur hintere Plätze belegten.

Gegen Mittag waren Lillys Nerven zum Zerreißen gespannt. Es war nichts mehr passiert; seit dem Zusammenstoß mit der kastanienbraunen Stute war Marga nicht mehr in ihre Nähe gekommen und Lilly hatte Lossie nur ein paarmal aus der Ferne gesehen. Aber Lilly quälte die Frage, was Marga wohl als nächste Gemeinheit geplant hatte. Sie hatte nicht die leiseste Ahnung, was es sein könnte; und darauf zu warten war vermutlich schlimmer, als direkt damit konfrontiert zu werden. Sie wünschte sich nur noch, dass Marga endlich angreifen würde, damit sie es hinter sich hatte.

Lilly hatte keinen Appetit auf ihre Sandwiches und verfütterte das mit Wurst an Barney und das mit Käse an Moonlight, der ein großer Käsefan war. Danach brachte sie Moonlight in seine Box, damit er sich etwas ausruhen konnte, und machte sich auf die Suche nach Nan, die sie schließlich am Rand des Springparcours fand. Die letzte Runde im Springreiten der Kinder sollte gleich anfangen und Joel und Marga waren beide noch im Rennen.

»Ich habe sie die ganze Zeit im Auge behalten«, sagte Nan leise, als Lilly sich zu ihr an die Absperrung stellte. »Du hast Recht, sie ist eine erstklassige Reiterin. Mehr noch – ich würde fast behaupten, sie ist so gut, dass es fast nicht normal für ihr Alter ist.«

Lilly fröstelte. »Ich weiß.«

»Ich konnte den Namen ihres Pferdes nicht verstehen, als er vorhin durchgesagt wurde«, fuhr Nan fort. »Du hast ihn mal erwähnt, aber ich habe ihn wieder vergessen.«

»Lossie.«

»Lossie ...« Nan dachte angestrengt nach. »Diesen Namen habe ich schon mal gehört, aber ich weiß nicht mehr, in welchem Zusammenhang. Hmm, vielleicht täusche ich mich auch.«

Erst als das Pferd mit dem Parcours fertig war, drehte Nan den Kopf und musterte Lilly. »Du bist ja richtig blass, mein Schatz. Fühlst du dich nicht wohl?«

»Nö, nicht wirklich«, musste Lilly zugeben und gestand Nan, wie schwer ihr das Warten fiel. »Und ich war bei allen Wettkämpfen ziemlich schlecht«, sagte sie traurig. »Ich konnte mich einfach nicht konzentrieren.«

»Wundert mich nicht«, sagte Nan mitfühlend. »Machst du heute Nachmittag noch irgendwo mit?«

»Eigentlich wollte ich am Wettbewerb um das beste Aussehen mitmachen. Aber nach meinem Sturz in die Pfütze sind meine Haare schmutzig und diese alten Sachen von Joel passen mir auch nicht richtig. Ich würde nur wieder unter die Letzten kommen und das möchte ich mir nicht antun.«

»Du hast Recht«, stimmte Nan ihr zu. »Aber was ist mit der Musikparade? Die findet doch erst zum Schluss statt?«

Lilly nickte. »Ich will nicht mitmachen, Nan. Ich habe schreckliche Angst, dass ich alles durcheinander bringe und den ganzen Auftritt ruiniere.«

»Hast du mir nicht erzählt, dass auch einige Paarübungen dabei sind?«, sagte Nan. »Wenn du nicht mitmachst, sind die anderen eine ungerade Anzahl. Dann ist die Parade sowieso im Eimer, oder?«

Lilly nickte wieder. Sie war so nervös, dass sie am liebsten laut geschrien oder geheult hätte – oder beides gleichzeitig. »Ach, ich weiß nicht, was ich tun soll.«

»Dann werde ich es dir sagen.« Nan schaute sie aufmunternd an. »Mach mit! Du hast so lange dafür trainiert und dich darauf gefreut. Moonlight wird dir helfen. Und Marga wird nicht in eure Nähe kommen, dafür werde ich sorgen. Kopf hoch, Lilly, du schaffst das!« Sie machte eine kurze Pause, ehe sie hinzufügte: »Ich wette, Marga rechnet damit, dass du kneifen wirst. Vielleicht gehört das sogar zu ihrem Plan. Also zeig ihr, dass du dich nicht einschüchtern lässt!«

Lilly fühlte sich plötzlich viel besser. »Oh, Nan, danke! Du bist klasse! Jetzt fühle ich mich richtig mutig!«

»Du bist mutig!«, sagte Nan schmunzelnd. »Und damit hat Marga sicher nicht gerechnet. Also tu es! Für mich!«

Lilly zögerte, aber nur ganz kurz. »Gut«, sagte sie dann. »Ich werde teilnehmen.«

Wie erwartet gewann Marga auf Lossie das Juniorenspringen und Marga bekam eine gelbe Rosette, die sie stolz – oder selbstgefällig, wie Lilly fand – an Lossies Zaumzeug befestigte. Joel wurde Dritter, und als er hinter den anderen Siegern vom Platz ritt, sah er Lilly neben dem Gatter stehen und hielt kurz an, um Hallo zu sagen.

»Gut gemacht!« Lilly tätschelte Jesters Hals.

»Na ja, hätte schlimmer kommen können«, sagte Joel grinsend. »Wenn er beim letzten Durchgang nicht die oberste Stange heruntergerissen hätte, wären wir vielleicht auf den zweiten Platz gekommen. Gegen Marga hätten wir sowieso nicht gewonnen. Aber was soll's? Ich bringe ihn jetzt besser in den Stall, damit er sich vor der Musikparade noch etwas ausruhen kann. Und was ist mit dir? Bist du mit allem durch?«

»Ja. Moonlight ist auch schon im Stall.« Lilly warf einen Blick auf ihre Uhr. »Wir haben noch eine halbe Stunde.«

»Okay, ich hol mir was zu trinken und einen Schokoriegel. Wir sehen uns dann in etwa zwanzig Minuten im Stall!«

Die nächsten zwanzig Minuten war Lilly hauptsächlich damit beschäftigt, ruhig zu bleiben. Nans aufmunternde Worte hatten ihr tatsächlich gut getan, und als sie in den Stall zurückging, um Moonlight abzuholen, fühlte sie sich erstaunlich zuversichtlich.

Als sie auf Moonlights Box zuging, kam Joel gerade heraus.

»Lilly, wir haben ein Problem«, sagte er mit besorgter Miene. »Moonlight lahmt.«

»Was? Das ist unmöglich!«

»Schau es dir selbst an! Er humpelt und kann das Hinterbein kaum aufsetzen. Und als ich es mir anschauen wollte, hat er ausgeschlagen. Ich weiß nicht, was mit ihm los ist, aber du kannst ihn auf keinen Fall reiten.«

Entgeistert sagte Lilly: »Dann müssen wir die Musikparade abblasen!«

»Unmöglich! Sie ist der Höhepunkt des Tages. Die Zuschauer wären schrecklich enttäuscht, wenn wir sie ausfallen lassen würden. Hör mal, Lilly, du musst ein anderes Pferd nehmen. Es kommt nur auf den Reiter an. Wenn dieser gut führt, kann jedes Pferd mitmachen. Wir müssen nur eines nehmen, das sanft und gefügig ist.«

Joel hatte vollkommen Recht – aber Lilly hatte keine Lust, ein anderes Pferd zu reiten. Sie wollte nur Moonlight. Mit ihm fühlte sie sich sicher. Aber was sollte sie machen? Wenn sie nicht mitmachte, würde sie die ganze Gruppe im Stich lassen.

»Na schön«, sagte sie und ihr Herz begann plötzlich wie wild zu schlagen. »Und welches Pferd soll ich nehmen?«

»Hm, mal überlegen ... Sally-Ann und Jester sind schon besetzt, die fallen also weg. Dandy ist zwar lammfromm, aber er wurde schon den ganzen Tag geritten und ist zu erschöpft. Dann wäre da noch Pippin, aber ...« Ein hilfloses Schulterzucken. »Du kennst ihn ja. Der würde nicht mal traben, geschweige denn galoppieren. Hör mal, sei so nett und mach Jester schon mal für mich fertig. Ich laufe schnell zu Mum oder Dad und frage, was sie meinen. Bin gleich zurück!«

Er wirbelte herum – als Marga plötzlich vor ihm stand.

»Hey, Joel!«, sagte sie. »Du hast Pech gehabt beim Springen. Schade, ich finde, du hättest den zweiten Platz verdient ...« Ihre Stimme verlor sich, als sie Joels besorgte Miene sah. »Ist was?«

»Moonlight lahmt. Wir müssen für die Musikparade ein anderes Pferd für Lilly auftreiben. Aber ich weiß nicht, welches.«

Marga grinste. »Ich schon!«, rief sie strahlend. »Euer Problem ist gelöst!« Beim Lächeln entblößte sie die Zähne wie ein Raubtier, fand Lilly. »Sie kann Lossie haben!«

11. Kapitel

»Wenn ich könnte, würde ich gerne für Lilly einspringen«, sagte Marga. »Aber ich kenne den Ablauf nicht. Außerdem ist Lilly doch schon mal auf Lossie geritten. Und er ist wirklich sehr fügsam.« Beifall heischend blickte sie in die Runde der Leute, die sich inzwischen um sie geschart hatten. »Das wäre doch die einfachste Lösung, oder?«

Lilly war klar, dass sie in der Klemme saß. Alle waren da – Joel, seine Eltern, der Rest des Musikparade-Teams – und warteten ganz offensichtlich darauf, dass Lilly Margas großzügiges Angebot dankbar annahm. Ihre innere Stimme riet ihr zu sagen: Nein, ausgeschlossen, das mach ich nicht! Aber das brachte Lilly nicht über sich. Dafür hätte niemand Verständnis gehabt. Und die Wahrheit über Marga konnte sie auch nicht sagen, denn kein Mensch hätte ihr geglaubt.

Verzweifelt blickte sie sich um. Warum war Nan nicht da? Joel sagte: »Worauf wartest du, Lilly?« Und auch ein paar der anderen wurden ungeduldig. Lilly blieb keine Zeit mehr.

Sie hörte sich mit leiser Stimme sagen: »Lossie ist vielleicht … zu müde.«

Marga lachte. »Ach was! Er ist total zäh. Ich gehe und hole ihn, okay?«

Herausfordernd schaute sie Lilly in die Augen. Hinter ihrem Lächeln glaubte Lilly ein kaltes, todbringendes Funkeln zu sehen. Ein siegessicheres Funkeln.

Nans Worte schossen ihr durch den Kopf: »Zeige ihr, dass du keine Angst vor ihr hast!«

Um sich Mut zu machen, stellte sich Lilly ein schimmerndes blaues Meer vor, darüber einen strahlend blauen Himmel, einen galoppierenden Schimmel mit einem bläulich schimmernden Fell ...

Sie holte tief Luft und sagte: »Okay, ich nehme Lossie.«

»Wir fangen mit zehn Minuten Verspätung an, aber ich denke, dafür hat jeder Verständnis.« Joel, auf Jesters Rücken, ritt neben Lilly und Lossie her, als das Team von der Musikparade paarweise auf das Feld zuritt. Lilly nickte nur stumm. Bis jetzt hatte Lossie sich absolut mustergültig benommen, doch sie spürte die geballte Kraft in seinem Pferdeleib und wusste genau, dass sie – falls er verrückt spielen würde – ihm absolut hilflos ausgeliefert wäre.

Sie kamen an der Koppel an. Die wartende Menge, die sich am Rand eingefunden hatte, empfing sie mit einem begeisterten Applaus.

»Jetzt weiß ich, wie man sich fühlt, wenn man ein Star ist«, witzelte Joel, während er Jester in Schach zu halten versuchte, der etwas lärmempfindlich war, den Kopf unruhig hin und her warf und herumtänzelte. Lossie hingegen ging unbeirrt seines Weges.

Einem plötzlichen Impuls folgend, sagte Lilly: »Joel, sollen wir nicht tauschen? Weißt du, Lossie ist mir irgendwie zu groß ...«

Joel schüttelte den Kopf. »Ausgeschlossen! Jester ist ziemlich aufgedreht. Ich glaube, der dritte Platz vorhin ist ihm zu Kopf gestiegen. Tut mir Leid, Lilly, aber du kämst nicht mit ihm klar. Sei froh, dass du Lossie hast!«

Das war Lillys letzte Chance gewesen und nun war sie dahin. Na schön, dann konnte sie nur noch hoffen, dass sie dem, was gleich auf sie zukam, gewachsen war. Wenn sie nur wüsste, wo Nan steckte!

Die Anfangstakte der Musik für ihren Auftritt erklangen aus den Lautsprechern und die acht Pferde und Ponys nahmen ihre Ausgangsposition ein. Joel, als Teamchef, warf einen prüfenden Blick in die Runde. Als er sah, dass alles in Ordnung war, machte er das vereinbarte Handzeichen und die Musikparade begann.

»Tut mir Leid, Mrs Weston.« Joels Mutter, die mit Nan im Hof stand, lächelte Lillys Großmutter an. »Aber so etwas kann vorkommen, nicht wahr? Aber nun haben wir die Eltern des kleinen Jungen ja ausfindig gemacht. Vielen Dank, dass Sie mir geholfen haben, sie zu finden.«

»Nicht der Rede wert«, sagte Lillys Großmutter und zuckte plötzlich zusammen. »Oh, hören Sie nur! Ist das nicht die Melodie der Musikparade? Ich muss mich beeilen – ich möchte Lillys großen Auftritt nicht versäumen.«

»Aber natürlich! Warten Sie, ich komme mit!«

Als sie zusammen auf das Feld zugingen, sagte Mrs Richards: »So ein Pech aber auch, die Sache mit Moonlight, nicht wahr?«

»Was ist mit Moonlight?« Nan fiel aus allen Wolken.

»Na, er lahmt plötzlich. Ach, das haben Sie nicht gewusst? Joel hat es entdeckt, nur wenige Minuten vor dem geplanten Beginn des Auftritts.« Mrs Richards lächelte. »Zuerst haben wir befürchtet, auf die Schnelle kein passendes Ersatzpferd für Lilly auftreiben zu können, aber Marga war so nett, ihr Lossie anzubieten.«

Nans Gesicht verfärbte sich. »Mrs Richards – wollen Sie damit sagen, dass Lilly im Moment auf Margas Pferd sitzt?«

»Ja. Er ist zwar etwas groß für sie, das stimmt, aber er ist ein sehr sanftmütiges Tier. Nett von Marga, dass sie ihn spontan hergegeben hat, oder?«

»Ja«, sagte Nan, deren Gesicht aschfahl geworden war. »Wie nett ...« Sie beschleunigte ihre Schritte.

Bei der Musikparade lief alles wie am Schnürchen. Lossie führte brav Lillys Befehle aus und benahm sich tadellos. Er war ein Traumpferd. Doch Lilly traute ihm nicht über den Weg.

Sie konnte Marga nicht unter den Zuschauern am Rand entdecken, war aber heilfroh, als sie Nan mit Mrs Richards herbeieilen sah. Nan hob grüßend eine Hand, aber Lilly konnte nicht zurückwinken. Und aus der Ferne konnte sie auch nicht sehen, was für ein besorgtes Gesicht Nan machte.

»Lilly!«, rief Joel plötzlich. »Konzentriere dich!«

»Entschuldige!« Erst jetzt fiel Lilly wieder ein, was von ihr erwartet wurde. Höchstens noch eine Minute ... »Traben,

Lossie!«, sagte sie und ihr Pferd schlug sofort einen sauberen Trab an. Danach noch eine letzte Runde im leichten Galopp und dann zurück in die Mitte zur Schlussposition ...

Am Rand des Feldes sagte Nan gerade zu Mrs Richards: »Lossie – ein ungewöhnlicher Name für ein Pferd, nicht wahr? Ich überlege schon die ganze Zeit, wo ich diesen Namen schon einmal gehört habe.«

»Ja, das hab ich mir auch schon überlegt. Ich muss Marga bei Gelegenheit mal danach fragen.« Mrs Richards lächelte. »Es könnte altkornisch sein, nicht wahr?«

Nans Nackenhärchen richteten sich auf. Lossie ... und was, wenn Marga nicht die Abkürzung für Margarete war, sondern etwas ganz anderes bedeutete? Nicht auf Englisch, sondern auf Kornisch, wie die Wörter, die in den Boden der Tonfigur des Grauen Pferds eingraviert waren. *Gweetho An Men Mar ... Hüte den Stein ...*

Vor Jahren hatte Lillys Großmutter mal einen Kornischkurs besucht, aus Zeitmangel hatte sie ihn aber wieder abgebrochen. Was wusste sie noch? Lossie ... Los ...

Die Begleitmusik endete mit einem heiteren Crescendo. Nan hob den Kopf und sah, dass die Musikparade zu Ende war und die Mannschaft sich im Kreis aufgestellt hatte. Begeisterter Applaus brach aus, als sich die Reiter verbeugten und hintereinander im Schritt auf den Ausgang zuritten.

Plötzlich fiel es Nan ein. Marga klang verdächtig nach dem kornischen Wort *Margh*, das Pferd bedeutete. Und die ersten drei Buchstaben von Lossie – L, O, S – waren der kornische Begriff für ...

Grau!

Alle Farbe wich aus Nans Gesicht. »O mein Gott!«, rief sie.

Mrs Richards fragenden Blick bemerkte Nan nicht mehr. Wie von Furien gehetzt, schob sie sich durch die Menschenmenge ans Gatter, als das Team der Musikparade gerade vom Feld ritt.

Joel war vorne, Lilly an fünfter Stelle. Und als das vierte Pferd durch das Gatter ritt, wurde Lossie plötzlich nervös. Er scharrte und stampfte und warf den Kopf hin und her. Sein Schweif streifte den Kopf des Pferdes hinter ihm. Dieses schnaubte empört und schnappte nach Lossies Hinterteil.

Lossie bäumte sich auf und wendete mit einem gewaltigen Satz. Und dann stürmte er so plötzlich los, dass Lilly sich nur hilflos an seinen Hals klammern konnte.

»Lilly!«, kreischte Nan. Doch sie konnte nichts tun. Die anderen Tiere nahmen erschrocken Reißaus, als Lossie ohne Rücksicht auf Verluste auf sie zu und dann an ihnen vorbeipreschte und in vollem Galopp aufs Feld zurückstürmte.

Lillys Gedanken überschlugen sich. Instinktiv versuchte sie, das Pferd auf die Weise zum Stehen zu bringen, wie sie es gelernt hatte: die Zügel annehmen und nachgeben, wieder annehmen und nachgeben – doch es nützte nichts. Lossie preschte weiter. Die hohe Steinmauer, die die Koppel auf der einen Seite abgrenzte, war höchstens noch dreißig Meter vor ihr!

Lilly konnte die verzweifelten Rufe hinter sich hören, doch das half ihr nicht weiter. Ihr Instinkt riet ihr, abzuspringen, ehe es zu spät wäre, und zu beten, dass sie den Sturz halbwegs glimpflich überstehen würde. Aber wenn es genau das ist, was Marga will?, rief ihre innere Stimme. Vielleicht ist das ihr Plan – dass du dich beim Sturz schwer verletzt oder gar stirbst! Und es wie ein Unfall aussieht!

Lilly war plötzlich felsenfest davon überzeugt, dass Marga gehofft hatte, sie würde abspringen. Also nahm sie sich vor, unter allen Umständen auf Lossies Rücken zu bleiben. Doch die Steinmauer war hoch und massiv und Lossie machte keine Anstalten, langsamer zu werden oder einen Bogen zu machen. Er hatte vor, über die Mauer zu springen! Dabei war Lilly eine absolute Anfängerin – höher als fünfzig Zentimeter war sie noch nie gesprungen. Und die Mauer vor ihr war mindestens dreimal so hoch!

Lossie wurde noch schneller, als er auf die Mauer zugaloppierte, und Lilly versuchte verzweifelt, sich daran zu erinnern, was Mrs Richards über das Springen gesagt hatte. *Gewicht nach unten pressen, Knie andrücken, Hände nach vorne ...*

Sie stieß einen spitzen Schrei aus, als Lossie zu einem unglaublichen Sprung ansetzte. Der Boden sackte jäh unter ihr ab und ihr wurde schwarz vor Augen, als Lossie in einem unnötig hohen Sprung über die Mauer setzte. Als er auf der anderen Seite mit einer enormen Wucht wieder auf der Erde landete, hatte Lilly das Gefühl, ihr ganzer Körper sei bis ins Mark erschüttert worden. Beim Aufprall wurde sie mit aller Kraft gegen seinen Hals geschleudert. Verzweifelt krallten ihre Hände nach einem Halt – dem Sattelknauf, Lossies Mähne, egal was –, Hauptsache, sie fiel nicht im hohen Bogen über seinen Kopf und landete unter seinen donnernden Hufen. Ihre Beine schlugen durch die Luft, sie schrie wieder –

aber irgendwie schaffte sie es, sich festzuhalten. Ihr Fuß fand den entglittenen Steigbügel wieder und sie konnte sich aufrichten ...

Sie hatte es geschafft! Margas Plan war fehlgeschlagen!

Doch die Gefahr war noch längst nicht gebannt, wie sie mit Schrecken erkannte, denn Lossie hatte ganz offensichtlich nicht die Absicht, langsamer zu werden. Es war, als hätte er fest damit gerechnet, Lilly abwerfen zu können, und wäre nun wütend, dass nichts daraus geworden war. Aber offenbar gab er noch nicht auf. Sie hatten das Gelände der Richards hinter sich gelassen und preschten in einem halsbrecherischen Tempo das Tal hinauf. Andere Reiter vom Hof jagten dem flüchtenden Pferd nach, doch sie hatten keine Hoffnung, Lossie einholen zu können. Ihr Abstand zu ihm wurde immer größer.

Der Wind peitschte in Lillys Gesicht, als sie sich an ihren unsicheren Halt klammerte. Wohin wollte Lossie sie bringen? Wann würde er endlich stehen bleiben? Es begann schon zu dämmern, bald würde die Sonne untergehen. Im Südwesten brauten sich finstere Wolken zusammen, die den Himmel vorzeitig verdunkelten. Doch es ging weiter und immer weiter. Das umliegende Land war mit Buschwerk bewachsen, durchsetzt mit einzelnen spitzen Steinen, die für ein normales Pferd recht gefährlich gewesen wären. Lossie war aber kein normales Pferd. Er schien förmlich über den tückischen Untergrund zu fliegen, seine Hufe berührten kaum den Boden. Um sie herum wurde die Gegend immer öder und leerer. Es gab keine Straßen, keine Häuser, keine Menschen, und ihre Verfolger hatten die aussichtslose Jagd inzwischen sicher längst aufgegeben. Es gab nichts, das Lilly hätte tun können, absolut nichts ...

Völlig unvorbereitet kam Lossie plötzlich ins Straucheln oder zumindest täuschte er es vor. Mitten in seinem eben noch wilden Galopp taumelte er auf einmal ruckartig nach vorn und Lilly hatte nicht die geringste Chance. Sie wurde nach vorne gerissen und verlor das Gleichgewicht. Mit voller Wucht landete sie auf der Erde, überschlug sich mehrmals seitlich und blieb schließlich mit dem Gesicht nach unten in einem Flecken Heidekraut liegen.

Stöhnend versuchte sie, den Kopf zu heben, doch eine Welle von Übelkeit überkam sie. Für eine Minute oder länger konnte sie nur reglos daliegen. Dann hörte sie, in unmittelbarer Nähe, das Stampfen von Hufen. *Lossie.*

Aus Angst, von ihm zertrampelt zu werden, wollte Lilly aufstehen. Doch ihre Beine waren wie aus Pudding und sie sackte hilflos wieder in sich zusammen. Eine große Gestalt zeichnete sich über ihr vor dem grauen Himmel ab. Es war Lossie. Lilly sah die Blesse an seiner Stirn und auch seine Mähne und seinen Schweif, die im Wind flatterten. Aber sein Fell war nicht mehr kastanienbraun, sondern – Lilly gefror das Blut in den Adern – grau ...

Alles schien sich plötzlich um sie zu drehen. Sie versuchte, das Karussell vor ihren Augen anzuhalten, doch es drehte sich nur noch schneller, blähte sich auf und verblasste dann.

Bewusstlos sank Lilly ins Heidekraut zurück.

12. Kapitel

Auf dem Innenhof bei den Ställen war das Chaos ausgebrochen. Pferde, Ponys und Menschen rannten durcheinander. Der erste Verfolgungstrupp war mit restlos erschöpften Pferden und unverrichteter Dinge zurückgekehrt, sodass Mr und Mrs Richards gerade hektisch einen neuen Suchtrupp zusammenstellten. Wann würde die Polizei endlich eintreffen?

Nan entdeckte Joel und rannte auf ihn zu. »Joel! Joel, ich muss mit dir reden!«

Joel blieb stehen. »Mrs Weston – ich bin auf der Suche nach Marga. Vielleicht hat sie eine Ahnung, wo er sein könnte. Aber ich kann sie nirgends finden.«

»Du wirst sie nicht finden!«, sagte Nan mit grimmiger Miene. Sie schwenkte ein zusammengerolltes Papier. »Joel, ich weiß, wo Lilly ist.«

»Was?« Ungläubig riss Joel die Augen auf. »Wie das?«

»Schau dir das an!« Sie zog ihn in die Sattelkammer, wo das Licht besser war, und rollte das Blatt auseinander. Es war Lillys Bild von letzter Nacht, auf dem sich ein blaues und ein graues Pferd an einer düsteren Felskuppe gegenüberstanden.

»Ich verstehe nicht ...« Joels Miene war ausdruckslos.

»Dieses Gebäude da ...« Nan tippte auf das Bild. »Für mich sieht es wie das alte Maschinengebäude des Bergwerks aus.«

»Ja, aber ...«

»Oben auf den Klippen gibt es nur eines, stimmt's? Etwa eine Meile weiter unten an der Küste.«

Joel schüttelte den Kopf. »Was hat das mit Lilly zu tun?«

»Alles!«, rief Nan. »Vertrau mir, Joel! Ich weiß es. Schnapp dir Moonlight und reite ihr nach! Der Suchtrupp wird Lilly nicht finden. Du schon!«

»Das geht nicht!«, entgegnete Joel. »Er lahmt.«

»Ach ja«, sagte Nan skeptisch. »Das glaube ich nicht.«

Joel runzelte die Stirn und seine Augen blickten geistesabwesend in die Ferne. »Aber ich dachte ...«, begann er ratlos.

Nan wollte keine Zeit mehr verlieren. Sie packte ihn am Arm und zog ihn zum Stall.

Moonlight war sichtlich nervös. Er scharrte, tänzelte hin und her und wieherte laut. Aber seine Bewegungen wirkten sehr steif und er zog sein Hinterbein nach, als hätte er Schmerzen.

Nan hatte eine Taschenlampe dabei. Sie ging zu dem weißen Pferd, hob seinen Huf hoch und strahlte ihn an. »Schnell!«, sagte sie. »Ich brauche einen Hufkratzer!«

Joel schnappte sich den nächstbesten vom Wandbord und reichte ihn ihr. Nan machte sich umgehend ans Werk. Moonlight schien zu spüren, dass sie ihm helfen wollte, denn er hielt ganz still. Schon nach wenigen Sekunden richtete sich Lillys Großmutter wieder auf und streckte die Hand aus.

»Da, sieh mal! Das war die Ursache allen Übels«, sagte sie. »Ein Steinchen im Huf.«

»Wieso hab ich nicht selbst nachgeschaut ...?«, fragte sich Joel verblüfft.

»Weil Marga es nicht wollte. Sie hat dich überlistet, Joel. Aber mach dir keine Vorwürfe – einer Kraft wie der von Marga kann man nur schwer widerstehen.«

Joel blinzelte. »Marga? Wie meinen Sie das, Mrs Weston?«

»Marga – Lossie«, seufzte Nan. »Oder vielmehr: *Margh Los*. Das ist kornisch, Joel, und heißt Graues Pferd.«

Noch ehe Joel etwas darauf sagen konnte, stieß Moonlight ein weiteres Wiehern aus, lang und schrill, als wollte er sie daran erinnern, dass sie keine Zeit zu verlieren hatten. Unruhig tänzelte er herum. Zum Glück humpelte er nicht mehr.

Joel starrte Nan fassungslos an und der Bann, mit dem Marga ihn belegt hatte, löste sich in nichts auf. Endlich schien er zu begreifen!

»Beeil dich, Joel!«, rief Nan drängend. »Bevor es zu spät ist!«

Da erst schien Joel aus seiner Erstarrung zu erwachen und stieß die Boxentür auf. Moonlight stürmte hinaus und Joel schwang sich blitzschnell auf seinen Rücken. Zum Satteln und Aufzäumen blieb keine Zeit mehr.

»Joel!« Nan packte ihn am Handgelenk. »Lillys Armkettchen – Marga hat es!«

»Ja«, sagte Joel mit belegter Stimme. »Das ist mir inzwischen klar!«

»Du musst es zurückholen. Es ist ein Talisman, der dich und Lilly beschützen kann!«

Joel nickte flüchtig. Menschen und Pferde stoben auseinander, als Moonlight mit seinem Reiter über den Hof preschte und auf das Tal zuritt.

Nan starrte ihnen nach, bis sie von der zunehmenden Dunkelheit verschluckt worden waren. Erst dann öffnete sie langsam die Faust und betrachtete das Steinchen, das sie aus Moonlights Huf geholt hatte. Es war ein sonderbarer Stein: so rund und glatt, dass es kein gewöhnlicher Stein sein konnte.

Als Lilly wieder zu sich kam, war es fast dunkel. Benommen setzte sie sich auf, hatte aber schon bei der kleinsten Bewegung das Gefühl, ihr Kopf würde platzen. Es war, als würde jemand von innen gegen ihren Schädel hämmern. Sie zuckte zusammen und betastete vorsichtig ihren Hinterkopf. Da war etwas Klebriges, Nasses. Blut ... Ihr Reithelm war weg; sie musste ihn beim Sturz verloren und sich den Kopf angeschlagen haben. Das Denken fiel ihr schwer, doch sie versuchte, sich zu erinnern, wie sie gestürzt war, weshalb.

Die Erinnerung überfiel Lilly so plötzlich, dass sie fast einen Schrei ausgestoßen hätte. *Lossie* – er war mit ihr durchgegangen! In einem erbarmungslosen, halsbrecherischen Tempo war er vom Reiterhof weggaloppiert und hatte sie irgendwann abgeworfen. Nun saß sie in einer einsamen Gegend mutterseelenallein in der Dämmerung, ohne Taschenlampe und ohne Handy. Wo war sie überhaupt? Außer dem Heulen des Windes war nichts zu hören.

Lilly drehte den Kopf in alle Richtungen und hoffte, irgendwo in der Ferne einen Lichtschein zu sehen; ein Haus vielleicht oder Autoscheinwerfer auf einer Straße. Doch außer den kahlen Umrissen des verfallenen Maschinenhauses eines Bergwerks in einiger Entfernung war nichts zu sehen. Ansonsten erstreckte sich eine leere Dunkelheit, so weit das Auge reichte.

Langsam und ungelenk stellte sie sich auf die Füße. Das Hämmern in ihrem Kopf ging weiter, doch sie versuchte, nicht darauf zu achten. Sie konnte nicht hier bleiben. Sie war jetzt schon ganz steif vor Kälte, und wenn sie keinen Unterschlupf fände, würde sie heute Nacht womöglich erfrieren. Aber in welche Richtung sollte sie nur gehen? Wenn sie planlos in die Nacht hinaustapste, machte sie ihre Lage vielleicht nur noch schlimmer und entfernte sich eventuell noch weiter von jeglicher Zivilisation.

Während sie noch überlegte, hörte sie auf einmal ein Geräusch, eine Art gedämpftes, dumpfes Schlagen, das sich mit dem Heulen des Windes vermischte. Da war es wieder ... und wieder. Lillys Haut begann zu kribbeln, als ihr klar wurde, was es war: Hufgeklapper.

Undeutliche, große Umrisse zeichneten sich in der Dunkelheit ab. Lilly glaubte auch etwas Helles zu sehen. War es ein weißes Tuch, mit dem jemand winkte? Doch dann entpuppte sich das vermeintliche Tuch als Blesse an einer Pferdestirn. Als Lilly erkannte, dass es Lossie war, der mit Marga auf dem Rücken aus der Dunkelheit direkt auf sie zugeritten kam, glaubte sie, an der Angst, die wie ein dicker Kloß in ihrer Kehle saß, zu ersticken.

Marga sah anders aus als früher. Ihre sonst zu einem Zopf zusammengebundenen Haare flatterten wie eine Rauchfahne im Wind und ihre Augen funkelten wild. Ihr Gesicht, das

Lilly trotz der Dunkelheit irgendwie erkennen konnte, war zu einer triumphierenden bösen Maske verzerrt. Und alles an ihr und ihrem Pferd war grau.

»Nein …« Abwehrend streckte Lilly beide Hände aus, als hätte sie sich durch diese Geste schützen können, und stolperte einen Schritt rückwärts. Marga lachte verächtlich, ein Lachen, das Lilly durch Mark und Bein ging. Langsam kam Lossie näher.

»Kommt nicht näher! Lasst mich in Frieden!« Die nackte Angst packte Lilly, die voller Panik drei weitere Schritte nach hinten machte, dann taumelte und beinahe hingefallen wäre. Lossie folgte ihr unbeirrt, Marga lachte gehässig und Lilly begriff, dass sie in der Falle saß. Sie konnte dem Pferd und seiner Reiterin nicht davonlaufen.

Würden sie sie gleich niedertrampeln? Nein, Marga schien andere Pläne zu haben. Lossie machte einen Schritt seitwärts und Lilly sah sich gezwungen, die Richtung ihres Rückzugs zu ändern. Da erst begriff sie, dass die beiden sie in eine ganz bestimmte Richtung drängen wollten. Doch wohin?

Die Antwort auf diese Frage kam wie von selbst und mit erschreckender Klarheit, als Lilly plötzlich ein gleichmäßiges, tiefes Rauschen unter sich hörte. Das Meer – sie waren auf den Klippen!

Hektisch spähte Lilly über ihre Schulter. Die Ruine des Maschinenhauses schien plötzlich sehr viel näher und dahinter zeichnete sich eine scharfkantige, schwarze Linie unter einem leeren Himmel ab. Sie waren höchstens noch dreißig Meter vom Rand der Klippen entfernt!

Verzweifelt versuchte Lilly, eine andere Richtung einzuschlagen, seitlich auszuweichen oder zu rennen, was auch immer. Doch für welches Ausweichmanöver sie sich auch entschied, Marga und Lossie waren stets vor ihr da und versperrten ihr jeden Fluchtweg. Unerbittlich trieben sie Lilly näher an den Abgrund. Erst als Lilly höchstens noch zwei Meter von einem garantiert tödlichen Sturz entfernt war, blieb Lossie stehen.

Das Rauschen des Meeres am Fuß der Klippen vermischte sich mit dem Pochen in Lillys Kopf, doch Margas grausames Gelächter konnte sie trotzdem klar und deutlich hören.

»Jetzt gibt es nur noch eines, was dich retten kann!«, rief Marga höhnisch. Sie hob einen Arm und deutete auf ihr Handgelenk, an dem Lilly etwas Blaues aufblitzen sah. »Komm und hol dir deinen kostbaren Talisman!«, sagte sie spöttisch. »Versuchen kannst du es ja! Du hast nichts mehr zu verlieren!«

Lillys Mund war so trocken, dass es wehtat. Sie bekam kaum noch Luft und konnte sich vor Entsetzen nicht mehr rühren. Das Armkettchen baumelte um Margas Handgelenk, der blaue Glasstein schaukelte und wand sich, als wollte er sich von dem Kettchen losmachen.

»Na los, Lilly!« Margas Augen blitzten verächtlich auf. »Was ist mit dir? Hast du etwa Angst?«

Vor den windgepeitschten Wolken änderten Pferd und Reiterin auf einmal ihre Form, verschmolzen zu einem einzigen, scheußlichen Phantom, das weder Mensch noch Tier war. Lossie machte einen weiteren Schritt auf Lilly zu, fast in Zeitlupe, und Lilly spürte, dass sich ihr eigener Fuß wie von selbst nach hinten schob. Sie konnte nichts dagegen tun; ihre Füße bewegten sich von allein, ohne ihr Zutun, immer näher auf den Abgrund zu ...

Es war wie eine eiskalte Ohrfeige, als auf einmal ein schrilles Wiehern aus der undurchdringlichen Dunkelheit an Lillys Ohr traf. Ihre Gedanken überschlugen sich, und bis ihr dämmerte, wer es war, stürmte Moonlight mit Joel auf dem Rücken schon blindlings auf Lossie zu.

Das weiße Pferd rollte mit den Augen und blähte die Nüstern. Lossie stellte sich auf die Hinterbeine und schwang herum, um den Angriff abzuwehren. Die beiden Tiere prallten aufeinander. Hufe ruderten in der Luft, Zähne blitzten drohend auf.

Marga schrie wütend. Auch Joel brüllte etwas, während er sich mit aller Macht an Moonlights Rücken festhielt. Eine Hand hatte er in die Mähne gekrallt, mit der anderen versuchte er Margas Arm zu packen, an dem Lillys gläserner Talisman aufblitzte. Joel bekam ihn zu fassen und versuchte, ihn ihr vom Handgelenk zu reißen ...

Plötzlich bäumte sich Lossie auf und drehte sich mit einer schlangenähnlichen Bewegung um die eigene Achse. Instinktiv warf sich Lilly zur Seite, als das große graue Monster mit einem gewaltigen Satz losgaloppierte, direkt auf sie zu. Sie fiel zu Boden und Lossies Hufe donnerten nur etwa zehn Zentimeter an ihrem Kopf vorbei, dicht gefolgt von Moonlight. Joel hielt sich eisern an ihm fest und Lilly kreischte panisch: »Joel, spring! SPRING AB!«

Ob er sie gehört und verstanden hatte oder ob er wie sie instinktiv handelte, hätte er später nicht sagen können. Jedenfalls sprang er von Moonlights Rücken, überschlug sich in der Luft und landete, nur eine Armeslänge von Lilly entfernt, im Heidekraut und Stechginstergestrüpp. Als er sich hektisch wieder aufrappelte, schrie Lilly gerade: »Moonlight! Moonlight!«, denn die beiden Pferde rasten weiter, direkt auf die kleine, steile Böschung zu, die in die hohen, fast senkrecht ins Meer abfallenden Klippen überging.

Erst kurz vor dem Abgrund warf Moonlight den Kopf herum und schwenkte ab. Nicht aber Lossie! Der stürmte unbeirrt weiter. Aneinander geklammert wie zwei Geschwister, die sich lange aus den Augen verloren hatten, starrten Lilly und Joel ihm mit weit aufgerissenen Augen nach. Marga trieb ihn weiter vorwärts, setzte am Abgrund zu einem grandiosen Sprung an. Pferd und Reiterin hoben in hohem Bogen vom Klippenrand ab. Einen atemlosen Moment lang schienen sie bewegungslos in der Luft zu hängen und ihre Umrisse zeichneten sich klar vor dem dunklen Himmel ab.

Dann waren sie plötzlich weg. Sie waren nicht in die Tiefe gestürzt. Sie waren einfach verschwunden.

Lilly riss sich von Joel los und rannte zum Rand der Klippen. Dort fiel sie auf alle viere und starrte in die Tiefe. Trotz der Dunkelheit konnte sie tief unter sich das Meer sehen, seine ruhelose, wogende Oberfläche. Weiße Gischt spritzte auf, als die Wellen gegen den Fuß der Klippen donnerten, um einzelne Felsblöcke und in Höhlenöffnungen brandeten. Von Lossie und Marga war weit und breit nichts zu sehen.

Dann sah sie die graue Welle. Sie bewegte sich genau entgegengesetzt zu allen anderen, nicht auf die Küste zu, sondern gleichmäßig und kraftvoll hinaus aufs Meer. Der Kamm dieser sonderbaren Monsterwelle tanzte und krümmte sich, als hätte er ein Eigenleben. Dann verschmolz die Welle mit der dunklen Nacht und war nicht mehr zu erkennen.

»Lilly ...« Joel war zu ihr getreten und legte ihr eine Hand auf die Schulter. Neben ihm stand Moonlight, der leise wieherte und seine Schnauze an ihnen rieb. Der Nacken des Ponys war schweißbedeckt und Lilly wusste nicht, wem von beiden sie zuerst um den Hals fallen sollte. Gemeinsam traten sie ein paar Schritte vom gefährlichen Abgrund zurück, ehe Lillys Beine nachgaben und sie mit einem dumpfen Plumps auf der Erde landete.

Mit zittriger Stimme sagte Joel: »Ich habe etwas für dich.«

»W-was?« Verwirrt blinzelte Lilly zu ihm hinauf. Er kauerte sich neben sie. »Da«, sagte er und drückte ihr etwas in die Hand.

Moonlight wieherte leise, als wollte er Lilly auffordern nachzuschauen, was es war. Lilly starrte auf ihre Handfläche. Etwas schimmerte in der Dunkelheit. Etwas Blaues.

»Mein Kettchen ...« In ihrer Stimme lag Verwunderung, Ungläubigkeit und Freude zugleich.

In der Ferne waren die herumhüpfenden Lichtkegel von Taschenlampen erkennbar und trotz des Brausens der Wellen waren aufgeregte Stimmen zu hören, die näher kamen. »Das muss deine Großmutter mit dem Suchtrupp sein«, sagte Joel leise. »Sie wusste, wo ich dich finden würde. Sie und Moonlight.«

Es war, als würde sich eine weitere Welle überschlagen und alle Furcht und Anspannung in Lilly mit sich reißen. Sie legte beide Arme um Moonlights Trost spendenden Hals und brach vor Erleichterung in Tränen aus.

13. Kapitel

Nie hatte eine heiße Schokolade köstlicher geschmeckt. In ihren dicken Bademantel gehüllt, saß Lilly auf dem Wohnzimmersofa und starrte in die Flammen des frisch angezündeten Kaminfeuers. Sie war im Geiste meilenweit weg und alles kam ihr noch so unwirklich vor. Erst als Nan ins Zimmer trat, blickte sie auf.

»Na, fühlst du dich besser, mein Schatz?«, fragte Nan.

Lilly zuckte mit den Schultern. »Ja, Nan. Und ... vielen Dank für alles.«

Baggins war hinter Nan ins Zimmer gekommen. Nun sprang er auf Lillys Schoß, schnurrte zufrieden und begann mit den üblichen Knetbewegungen. Lilly streichelte ihm über das weiche Fell und Nan sagte: »Das Abendessen ist fast fertig. Es gibt Fleischeintopf mit Kartoffeln.« Sie setzte sich auf einen Sessel und nahm einen Schluck aus ihrem Becher. »Hmm, lecker! Ist es nicht herrlich, nach einem so anstrengenden Tag gemütlich im Warmen zu sitzen?«

Das stimmt, dachte Lilly. Nan wirkte so ruhig, dass man fast das Gefühl hatte, alles sei wieder ganz normal – und Normalität war genau das, was Lilly im Moment dringend brauchte.

Der Suchtrupp, angeführt von Nan, hatte Lilly und Joel sicher zum Reitstall zurückgebracht, wo nicht nur ein Polizeiwagen auf sie wartete, sondern auch der Dorfarzt, dessen Tochter am Reiterfest teilgenommen hatte. Er hatte ihr geraten, möglichst schnell nach Hause zu gehen, etwas Warmes zu essen und erst einmal auszuschlafen.

Doch bevor sie nach Hause ging, wollte die Polizei sie noch kurz befragen. Sie wollten das entlaufene Pferd und Marga suchen und hatten gehofft, Lilly könnte ihnen sagen, wo Marga wohnte und wie ihre Eltern hießen. Die Handynummer, die Joel ihnen gegeben hatte, sei falsch, sagten sie, diese Nummer gäbe es gar nicht.

Lilly hätte den Polizisten natürlich sagen können, dass es Marga und Lossie auch nicht gab, zumindest nicht so, wie sie es sich vorstellten. Aber das hätte ihr kein Mensch geglaubt. Deshalb blieb sie lieber bei der Version, die Marga ihr erzählt hatte.

Während sich Lilly mit den netten Polizisten unterhalten hatte, war Nan ins Chapel Cottage zurückgegangen und hatte ihr Auto geholt, um Lilly nach Hause fahren zu können. Lilly war noch ein paar Minuten mit Joel im Stall bei Moonlight gewesen. Anfangs war er ungewöhnlich schweigsam gewesen, doch dann hatte er eine Entschuldigung gemurmelt, weil er »so blind und dämlich« gewesen sei.

»Ich hätte Marga durchschauen müssen«, sagte er kleinlaut. »Wieso habe ich denn nicht gesehen, was sie war?«

»Wie auch?«, versuchte Lilly ihn zu trösten. »Und außerdem wissen wir ja nicht wirklich, was sie war, oder? Vermutlich werden wir es auch nie erfahren. Aber dank dir und Moonlight hat sie nicht gewonnen. Das ist das Einzige, was zählt.«

Nach diesen Worten wirkte Joel etwas beruhigter, aber immer noch unsicher. Lilly umarmte ihn. »Sorg gut für Moonlight, solange ich weg bin«, sagte sie.

»Versprochen. Er hat es wirklich verdient.« Joel zögerte. »Kommst du morgen wieder?«

»Klar, wenn Nan es erlaubt.«

Er rang sich ein Lächeln ab. »Deine Großmutter ist super.«

»Stimmt«, sagte Lilly und nickte. »Also, tschüss, Joel. Bis morgen – hoffentlich.«

Und nun saß sie zu Hause, hatte es warm und gemütlich – und war außer Gefahr. Es war so viel passiert, dass sie gar nicht so recht wusste, wo ihr der Kopf stand. Nach einer Weile sah sie auf und schaute Nan an.

»Es wird ein komisches Gefühl sein, wenn ich nächste Woche wieder in die Schule gehe«, sagte sie. »Was die anderen wohl denken, was mit Marga passiert ist?« Lilly fröstelte. »Nan, war sie eigentlich jemals real?«

Nan musste kurz nachdenken, ehe sie erwiderte: »Nein, Lilly, das glaube ich nicht. Ich denke, sie und Lossie waren eine Art ... Illusion, erschaffen von dem Grauen Pferd. Auf diese Weise hat es versucht, sich an dir zu rächen – und wären Joel und Moonlight nicht gewesen, wäre ihm das sogar gelungen.«

Lilly blickte auf das Armkettchen an ihrem Handgelenk. »Joel hat den bösen Zauber gebrochen, als er es ihr entrissen hat, nicht wahr?«, sagte sie. »Und deshalb sind Marga und Lossie über die Klippen gesprungen.«

»Ja. Dem Grauen Pferd war klar, dass es verloren hatte. Deshalb brauchte es Marga und Lossie nicht mehr und holte sie zurück zu ... na ja, dorthin, wo es sie hervorgezaubert hatte. Du wirst sie nie wieder sehen müssen!«

»Ich weiß.« Lillys Gesicht verfinsterte sich. »Aber es wird etwas anderes kommen, nicht wahr? Das Graue Pferd hat es auf mich abgesehen und wird nicht so leicht aufgeben.«

»Ich fürchte, du hast Recht. Ich kann dir leider nicht widersprechen. Aber zum Glück hast du deinen Talisman wieder. Der Glasstein ist ein wertvoller Schutz, weil er dich mit dem Blauen Pferd verbindet. Ah, da fällt mir etwas ein ...« Sie griff in ihre Tasche und holte etwas heraus. »Ich glaube, das hier sollte ich dir geben.«

Sie legte einen kleinen, runden grauen Stein in Lillys Hand.

»Was ist das, Nan?«, fragte Lilly verwundert.

»Das ist der Stein, der in Moonlights Huf klemmte. Deshalb lahmte er. Ich weiß nicht, warum, aber ich habe das Gefühl, du solltest ihn haben.«

Lillys Finger umschlossen den kleinen Stein. Im ersten Augenblick fühlte er sich kühl an, doch dann wurde er warm und sie spürte, dass sich in ihrer Hand etwas bewegte.

Sie öffnete die Hand. Der Stein war in zwei Teile zerbrochen. Im Inneren entdeckte sie ein weiteres blaues Glasstück.

Lilly schnappte nach Luft und Nan beugte sich neugierig vor. »Häng es zu dem anderen an dein Armkettchen«, sagte sie. »Mal sehen, was passiert!«

Lilly hielt das neue Glasstück neben das erste. Das neue

war etwas heller und hatte eher die blaue Farbe des Himmels als die des Meeres, aber es hatte dieselbe leicht gebogene Form. Die beiden Glasstücke berührten sich – und Lilly konnte sie plötzlich nur noch verschwommen sehen.

Nachdem sie ein paarmal geblinzelt hatte, waren beide Stücke zu einem einzigen verschmolzen.

»Oh, Nan! Sieh nur!« Lilly saß da wie vom Donner gerührt.

»Das ist ein Zeichen«, sagte Nan leise. »Eine Botschaft des Blauen Pferdes. Es ist bei dir, Lilly. Und es wird dir auch weiterhin helfen.«

Mit zitternden Fingerspitzen berührte Lilly den wie durch Zauberhand verwandelten Talisman und fuhr behutsam seine neue Form nach. »Jetzt sieht es aus wie ein kleiner Pferdekopf«, sagte sie andächtig. »Schau, Nan! Die Kinnlinie, die geblähten Nüstern ...«

»Stimmt.« Auch Nan berührte das Glasstück vorsichtig. »Und diese wunderschönen Farben, die so gut miteinander harmonieren ... Es wird noch mehr Kämpfe geben, Lilly. Aber die Macht des Blauen Pferdes wächst. Du kannst gewinnen.« Sie lächelte. »Wir können gewinnen und das Graue Pferd ein für alle Mal besiegen!«

Lilly berührte ihren neuen Talisman. Inzwischen fühlte er sich weder kalt noch warm an, aber sie konnte die Kraft des Blauen Pferdes, die in sie hineinströmte, richtig spüren.

»Hast du den nötigen Mut?«, fragte Nan mit sanfter Stimme.

Lilly hielt ihrem Blick stand. »Ja, Nan«, sagte sie. »Ich schaffe das, das glaube ich ganz fest.«